Und morgen hab' ich Glück

Caspar von Poser

Und morgen hab' ich Glück

aar*e*

Caspar von Poser
Und morgen hab' ich Glück

Umschlagbild von Sabine Lochmann

2. Auflage 1993
Copyright © 1992 Text, Illustrationen und Ausstattung
der Originalausgabe by Aare Verlag/Sauerländer AG, Aarau, Schweiz
Caspar von Poser und AVA GmbH

Printed in Austria

ISBN 3-7260-0379-7
Bestellnummer 02 00379

Das Werk einschließlich aller seiner Teile ist urheberrechtlich
geschützt. Jede Verwertung ist ohne Zustimmung des Verlags
unzulässig. Dies gilt insbesondere für Vervielfältigungen,
Übersetzungen, Mikroverfilmungen und die Einspeicherung und
Verarbeitung in elektronischen Systemen.

Die Deutsche Bibliothek – CIP-Einheitsaufnahme

von Poser, Caspar:
Und morgen hab' ich Glück / Caspar von Poser. – 2. Aufl. –
Aarau ; Frankfurt am Main ; Salzburg : Aare/Sauerländer AG, 1993
ISBN 3-7260-0379-7

1

Sebastian mochte Saskia. Er mochte sie sehr. Vielleicht benahm er sich deswegen manchmal so, daß er sich selbst nicht mochte. Das ging seit Wochen so. Das Gefühl, in jemanden verliebt zu sein, war völlig neu und verwirrend für ihn. Und auch heute wieder, als sie nach dem Schlußpfiff des Spiels auf ihn zukam, ihn anstrahlte und sagte: »Du warst super!«, brachte er nur hervor: »Weißt du überhaupt, wie die Sportart heißt?«
»Danke!«
Sie lachte, und er war wie verzaubert von ihren hellen blauen Augen, die immer ein wenig herausfordernd blickten.
»Hast du einen Moment Zeit für mich?«
Er wollte antworten, aber schon fielen seine Mitspieler über ihn her. Er roch ihre schweißnassen Trikots.
»Komm Basti, laß die Weiber! Wir gehen in den Ratinger Hof.«
Während Markus ihn festhielt, sah er Saskias bittenden Blick.
»Laß mich! Laß mich los!«
Als er loskam, war sie schon über das Spielfeld in Richtung Parkplatz davongegangen. Er holte sie ein und versuchte mit ihr Schritt zu halten.

»He, warum kommst du nicht mit?«
Sie hatte den Schal vors Kinn gezogen, und das Blau ihrer Augen war mit einemmal ganz hell.
»Ihr sauft wieder nur.«
»Ist doch klar. Alle wollen feiern.«
»Wenn du mit denen zusammen bist, mag ich dich nicht. Du bist so anders.«
»Und wie bin ich sonst?«
»Einfach nur lieb.«
Sie lächelte, und genau dieses Lächeln war es, was ihn jedesmal verwirrte.
»Sagst du das wegen der Ex in Englisch?«
»Nein.«
Hinter ihm rief Markus jetzt: »Komm, laß die Alte! Wir gehen...«
»Ohne deine Freunde läuft wohl gar nichts«, sagte sie. Ihre Haare leuchteten in der Märzsonne, und ihre Augen waren wie durchsichtig.
»Bist du jetzt sauer?«
Sie antwortete nicht, sondern küßte ihn. Es war nur eine kurze Berührung ihrer Lippen. Aber alles an ihm schien zu brennen.
»Ich hab' heute Geburtstag. Wir könnten...«
Sie war schon weggelaufen.
Markus sagte: »Laß sie! Die trinkt sowieso nur Apfelsaft...«
Sebastian drehte sich noch einmal nach ihr um und sah, wie sie bei einem Jungen ins Auto stieg. Er fühlte einen dumpfen Schmerz in sich aufsteigen, so als hätte ihm jemand einen Tiefschlag ver-

setzt. Der Junge hieß Thomas und war eine Klasse über ihm. So ein Nadelstreifentyp, der dauernd mit der Kohle seiner Eltern herumprotzte. Warum tat sie das?
»Siehst du«, sagte Markus und zog ihn mit sich. Diesmal riß er sich heftig los.
»Sorry. Ich komm' nicht mit.«
»Und warum nicht?«
»Ich habe heute Geburtstag. Meine Mutter macht einen Aufstand, wenn ich nicht da bin. Vielleicht komm' ich noch später.«
Die Umkleidekabinen rochen immer muffig nach alten Socken. Er knallte seine Fußballschuhe in die Ecke. Warum hatte Saskia das getan? Ausgerechnet dieser Typ. Er riß sich das Trikot vom Leib und ging unter die Dusche.
Oft hatte er daran gedacht, sie seiner Mutter vorzustellen. Die beiden würden sich nur ansehen, um sich zu verstehen. Es wäre schön, wenn endlich mal wieder bei ihnen zu Hause gelacht würde.
Er hatte sich gerade angezogen und seine Sportsachen gepackt, als er ein Geräusch hörte, das vom Treppenaufgang kam. Scharneck, sein Sportlehrer, stand in der Tür.
»Tolles Tor hast du geschossen, Basti.«
»Es war die Vorlage von Markus«, sagte er.
»Keine Frage. Du warst der beste Spieler auf dem Platz. Was hältst du davon, in einem richtigen Verein zu spielen?«

»Ich weiß nicht...«
Er zuckte mit den Schultern und nahm seine Tasche, um schnell wegzukommen. Doch Scharneck stellte sich ihm in den Weg.
»Ich könnte ja mal mit deinem Vater reden.«
Sebastian glaubte zu spüren, wie die Uhr an seinem Handgelenk tickte. Dabei war es nur sein Puls.
»Ich hab' keinen Vater. Nie einen gehabt«, sagte er und zwängte sich ohne ein weiteres Wort an ihm vorbei.
Auf dem Rasen kickten ein paar Jungen aus der Fünften. Sie hatten keine Ahnung von Fußball, und als Sebastian den Ball erwischte, drosch er ihn weit über das Tannenwäldchen neben der Schule.
»Sag mal, spinnst du!« schrie einer von ihnen.
Er antwortete nicht, ging zum Parkplatz und schloß sein Fahrrad auf.

Seine Mutter ging schon ganz aufgeregt in der Wohnung hin und her. Er durfte weder ins Wohnzimmer noch in die Küche. Wie Weihnachten. Dann war sie fertig, kam verlegen auf ihn zu, umarmte und küßte ihn.
»Mein Junge ist sechzehn. Ich kann es noch nicht glauben.«
»Mama! Bitte!«
Er entzog sich ihr. Jedesmal schnupperte sie wie ein Hund an ihm, ob er nichts getrunken hatte.

»Ich kann mich gar nicht mehr erinnern, wann du eigentlich so groß geworden bist. Ich glaub', ich hab' mich umgedreht, und plötzlich warst du erwachsen.«
Sie versuchte zu lachen, mußte sich aber eine Träne aus dem Auge wischen. Dann ging sie voran ins Wohnzimmer. Sie hatte seine Lieblingstorte gemacht. Bisquitteig mit Nutella. Darauf brannten sechzehn Kerzen. Die neuste CD von Genesis lag da, zwei Sweatshirts und ein Kuvert. Er gab sich Mühe, es nicht gleich aufzureißen.
»Willst du nicht in den Umschlag kucken?«
Er öffnete ihn vorsichtig und zählte die Scheine. Drei Hunderter. Er wußte, es war fast ihr ganzes Geld für diesen Monat.
»Mama, das ist doch Wahnsinn!«
»Für deine Lederjacke. Du kaufst sie dir ja doch besser selber.«
Die Jacke, von der er träumte, hing seit Wochen in einem Laden um die Ecke. Jeden Tag mußte er daran vorbei und hatte sie im Geiste schon hundertmal angezogen. Er verband mit der Jacke den Gedanken, wenn er sie tragen würde, ein völlig anderer zu sein.
»Ich hoffe, das Geld reicht«, sagte seine Mutter. In diesem Moment klingelte es.
»Wer kann das sein?« Hastig zog sie ihre Schürze aus, als erwarte sie jemanden.
»Ich hab' niemanden eingeladen.«

Sie rannte zur Tür, und Sebastian hörte, wie sie mit jemandem redete. Mit Fremden sprach sie immer etwas zu laut, was ihm peinlich war.
»Wie nett. Kommen Sie doch rein!«
Es war Saskia. Ihr Haar schien irgendwie länger als sonst. Im gebrochenen Licht des Zimmers sah sie wie ein Engel aus. Jedenfalls kam sie ihm so vor. Er war sehr stolz auf sie.
»Willst du uns nicht vorstellen?« sagte seine Mutter und nahm ihr den Blumenstrauß ab, den sie in der Hand hielt.
»Und willst du dich nicht bedanken?«
»Also das ist Saskia Großmann... meine Mutter«, stammelte er verlegen. »Du kommst gerade rechtzeitig, um den Geburtstagskuchen anzuschneiden...«

Wie oft hatte er sich diese Begegnung ausgemalt. Und dann war es doch anders.
»Setzen Sie sich bitte«, sagte seine Mutter. Saskia setzte sich, und alle schwiegen betreten. Seine Mutter beobachtete sie mit einem Ausdruck, den er kannte. So prüfte sie Menschen, ihr Aussehen, ihre Kleidung, ihre Manieren.
»Kommen Sie, nehmen Sie doch Kuchen!«
Warum duzte sie Saskia nicht?
»Darf ich?«
Saskia nahm sich Kuchen. Und er nahm sich auch ein Stück.
»Den ißt er am liebsten«, sagte seine Mutter und

hatte wieder diesen prüfenden Blick, den er nicht mochte.
»Schmeckt super. Ich kann nicht mal ein Spiegelei machen«, sagte Saskia. Alle lachten, und der Bann war gebrochen. Später hörte er die beiden in der Küche reden, als wären sie schon alte Freunde.
Während das Essen aufgetragen wurde, sagte seine Mutter: »Ich bin so froh, daß er jemanden hat, der ein bißchen auf ihn aufpaßt. Sein Vater besucht uns schon Jahre nicht mehr...«
»Das interessiert sie doch gar nicht«, sagte er. Nach dem Essen holte sie das Fotoalbum raus und zeigte Bilder von früher. Er hätte sich am liebsten irgendwo verkrochen.
»Wir gehen noch mal weg«, sagte er.
»Passen Sie mir auf, daß er nichts trinkt«, sagte seine Mutter zu Saskia, und in diesem Augenblick schwor er sich, sie erst mal nicht wieder mitzubringen.

Es war schon dunkel, als sie aus dem Kino kamen. Sie hatten einen Film gesehen, der in der Drogenszene spielte, und Sebastian wußte eigentlich nicht, warum er den Weg durch den Park gewählt hatte.
»Meine Mutter hat Angst, daß ich auch so was nehme«, sagte er. »Sie nennt das immer Rauschgift. Dabei hat sie keine Ahnung.«
»Mir gefällt deine Mutter. Es ist, als ob man sie

schon lange kennen würde.« Saskia war stehengeblieben.
»Trotzdem will ich nie so leben wie sie«, sagte er heftig.
»Ich verstehe dich nicht.«
»Du willst mich vielleicht gar nicht verstehen«, sagte er.
»Doch. Aber warum sagst du das jetzt? Sie ist nicht du. Sie ist deine Mutter.«
Er sah sie an. Im Licht der Laterne schien alles an ihr zu glänzen, und er sehnte sich danach, seinen Kopf an ihre Schulter zu legen.
»Warst du schon mal mit einem Mädchen zusammen?«
Er blickte zur Seite, konnte der Antwort aber nicht ausweichen, als sie fragte: »Wie lange ist das her?«
»Mein ganzes Leben...«
»Heißt das, du hast noch nie was mit einem Mädchen gehabt?«
»Na und?«
»Vielleicht mag ich dich deswegen.«
»Und warum bist du dann heute mit diesem Typen losgefahren?«
»Weil du immer so überlegen tust mit deinen Freunden. Irgendwie bist du dann abweisend und blöde.«
Sie küßte ihn. Alles an ihr war weich und zärtlich. Während sie aneinandergeschmiegt dastanden, stellte er sich vor, wie es immer mit

ihr zusammen sein könnte. An Tagen wie heute, aber auch, wenn er mal durchhing. Wie schön müßte es sein, jemanden zu haben, der immer mit einem lachte. Mit dem man alles gemeinsam tun konnte.
»Ich muß dir was sagen«, murmelte er, drückte seine Stirn an ihre und rollte seinen Kopf langsam an ihrem Kopf ab.
»Sag!«
»Ich habe die ganze Zeit gehofft, daß du zu meinem Geburtstag kommen würdest.«
»Und warum hast du nichts gesagt?«
»Ich hab' mich nicht getraut...«
Sie sah ihn eine Weile an. Dann sagte sie: »Du bist jetzt ganz anders, als wenn du mit deinen Freunden zusammen bist. So mag ich dich. Das mit Thomas bedeutet gar nichts.«
»Ist das wahr?«
Sie nickte. Ein phantastisch schönes Gefühl durchrieselte ihn, als sie langsam unter den Lichtern der Laternen weitergingen. Das Gefühl, zu jemandem zu gehören, jemanden zu haben, dem er alles erzählen konnte. Auch, wenn er mal traurig war.

2

Es war einer der kalten Apriltage, an denen man hofft, daß der Frühling es doch noch schafft, als Sebastian den Laden betrat. Die Verkäuferin war gerade mit einem anderen Kunden beschäftigt, und er wühlte sich durch die Lederjacken. Da war sie. Genau seine Größe. Das Lässigste war der Schnitt. Ganz auf Taille. Das machte tierisch breite Schultern. Verstohlen sah er zu der Verkäuferin und dann auf den Preis. Dreihundertfünfundachtzig.
»Kann ich was für Sie tun?« sagte sie.
»Sind die raufgesetzt?« Er zog sie vom Bügel.
»Bei uns werden die Preise höchstens runtergesetzt.«
Der Kunde hatte den Laden verlassen, und sie lächelte, als hätte sie jetzt viel Zeit für ihn.
»Ich hab' nur dreihundert...«, sagte er und wühlte in der Tasche. »Kann ich sie mal anprobieren?«
»Bitte!«
Die Jacke war genau, wie er es sich vorgestellt hatte. Einfach super. Er war ein ganz anderer Mensch darin. Bewegte sich viel lässiger. Die Verkäuferin lächelte, als er sich im Spiegel betrachtete.
»Danke!« sagte er und verließ den Laden. Sie sah

ihm nach, als hätte sie nie angenommen, daß er etwas kaufen würde. Es war kurz vor fünf, und er suchte eine Telefonzelle. Saskia mußte längst vom Aerobic-Kurs zurück sein. Er wählte ihre Nummer.
»So eine Scheiße! Weißt du, was die Jacke kostet? Dreihundertfünfundachtzig. Ich kann irgendwie nicht handeln...«
»Ich muß mich noch umziehen. Dann komm' ich«, sagte sie. »Warte vor dem Laden!«
Sebastian legte auf. Sie schlossen um sechs. Er hatte also noch eine Stunde Zeit. Es war kälter geworden, und er ging fröstelnd die Straße rauf und runter. Genau gegenüber war eine Kneipe. Er würde ein Bier trinken. Nur ein einziges. Durch die Scheiben konnte er sehen, wenn sie kam.

Wenn Sebastian an früher dachte, sah er sich nie zusammen mit seinem Vater. Es gab seine Mutter und einen Mann, der manchmal gekommen war wie ein Fremder. Sie hatten dann das Zimmer abgeschlossen, und er hatte ihre Stimmen dahinter gehört. Halb erregt, halb unterdrückt, wenn sie sich geliebt hatten. Mal laut, wenn es um Geld gegangen war. Damals war er eifersüchtig auf diesen Mann gewesen, von dem man ihm erzählt hatte, daß es sein Vater sei.
Später kam der Mann seltener. Da begriff Sebastian, daß ihm etwas fehlte. Denn wenn die anderen in der Schule von ihren Vätern erzählten, die

mit ihnen Sport trieben oder auf Ferienreise gingen, fühlte er sich ausgeschlossen.
Jetzt, als er die Kneipe betrat, erkannte er ihn sofort wieder. Der Mann, der sein Vater war, spielte an einem der Automaten. Sebastian überlegte, ob er umkehren solle, aber in diesem Moment brach ein wildes Konzert los. Akkorde fegten auf und nieder. Und dann spuckte der Automat Geld aus. Unendlich viel Geld. Sein Vater schaufelte es aus der Schale. Er drehte sich um, da trafen sich ihre Blicke: »Sebastian. Was machst du hier?«
»Nur so auf ein Bier«, sagte er verlegen.
»Und sonst? Ich mein' die Schule.«
»Ziemlich ätzend.«
Sein Vater lachte. Sebastian sah, daß seine Zähne dunkel waren. Sicher rauchte er zuviel.
»Du bist genau wie ich. Genau wie dein Alter, von dem du leider nicht viel gesehen hast im Leben. Ich... tut mit leid.« Er schlug ihm auf die Schulter, und es war wie die erste Berührung in seinem Leben.
»Und was machst du hier?« fragte Sebastian.
»Ich arbeite.«
Sein Vater lachte und warf einen Haufen Münzen auf den Tisch.
»Ist das so einfach?«
»Versuch es doch mal! In der Kiste sind noch zweitausend Mark. Hier nimm! Zum Geburtstag. Du hast doch gestern Geburtstag gehabt. Deine Mutter hat mich sogar eingeladen.«

Drei Spielautomaten hingen gegenüber. Nur an einem wurde gerade gespielt. Sebastian zögerte noch. Crown-Jubilee stand auf der gefährlich glitzernden Kiste. Er hatte die Faszination dieses Spiels nie begriffen. Aber warum nicht? Es war nicht mal sein Geld. Vielleicht gewann er die fehlenden fünfundachtzig Mark für die Jacke.
»Los! Der tut dir nichts«, sagte sein Vater.
Zwei Männer am Tresen nickten ihm zu. Er warf eins der Fünfmarkstücke ein. Scheiben fingen an zu rotieren. Zahlen, die er nicht verstand, drehten sich vor seinen Augen. Jetzt liefen auf der rechten und der linken Scheibe Kronen in das markierte Feld.
»Was muß ich tun?« rief er.
»Wart mal!«
Schon stand sein Vater neben ihm und schob ihn sanft zur Seite. Seine Hand schnellte vor, drückte und deckte fast gleichzeitig die Scheibe in der Mitte zu, als wollte er sie beschwören. Die beiden älteren Männer waren jetzt aufgestanden und sahen gebannt zu. Der ganze Raum schien den Geräuschen des Automaten zu folgen. Dann war ein Quäkton zu hören. Ein wildes Konzert ging los. Akkorde fegten auf und nieder.
»Hundert Sonderspiele. Jetzt haben wir es voll in der Hand. Mach weiter!« sagte sein Vater.
Sebastian sah sich hilflos um und hörte jemanden sagen: »Verzögerungstaste drücken... Risiko... jetzt!«

Spielte er oder sein Vater? Oder die ganze Kneipe? Die Lichter am Automaten tanzten vor seinen Augen, verschwammen, tauchten wieder auf und standen still. Wie aus weiter Ferne hörte er das Prasseln der Münzen in die Auffangschale.
Er wollte das Geld zählen, aber sein Vater sagte: »Weiter! Da ist noch mehr drin. Wir werden ihn rasieren. Total rasieren. Komm, Junge!«
Wieder tanzten die Scheiben. Wieder hatte er Sonderspiele. »Du liegst mit zwanzig Mark vorn«, hörte er seinen Vater sagen und dachte, gleich hab' ich die Jacke. In diesem Moment sah er Saskia. Sie mußte schon eine Weile dagestanden und ihn beobachtet haben.
»Gleich«, sagte er. »Es dauert noch einen Moment. Ich hab' gerade eine Gewinnsträhne.«
»Nicht aufhören!« sagte sein Vater. »Nur jetzt nicht...«
Wieder spuckte der Automat Geld. Sebastian fühlte sich, als könnte er die Welt aus den Angeln heben. Jetzt waren sie fast bei fünfzig Mark. Nun sah er sich um, doch Saskia war gegangen.
»Machst du einen Moment weiter«, sagte er, ließ seinen Vater allein und hatte sie mit ein paar Schritten auf der Straße eingeholt. Er wollte ihr den Arm um die Schultern legen, aber sie schob ihn von sich. »Hör mal! Noch drei Spiele, und ich hab' die Jacke«, sagte er.
»Ich hab' dir das Geld dafür mitgebracht. Weißt du, wie spät es ist? Gleich ist der Laden zu.«

Ihr Blick tat weh, und er verstand sich wieder mal selber nicht, als er sagte: »Na und? Morgen ist auch noch ein Tag.«
»Du hättest dich sehen sollen. Wie ein Verrückter. Seit wann spielst du an den Dingern?«
»Leichter kannst du Geld gar nicht verdienen.«
»Dann verdien es dir doch!«
»Das werde ich auch tun.«
»Tu es doch. Tu, was du willst!« Sie ließ ihn stehen. Einen Augenblick lang sah er ihr nach. Es dämmerte schon, und die Wagen hatten die Scheinwerfer eingeschaltet. Sie blendeten ihn beim Zurückgehen.
»Da bist du ja endlich«, murmelte sein Vater. »Das Konto ist ein bißchen runter. Aber das holen wir uns gleich wieder.« Dabei streichelte er den Automaten, als wollte er ihn versöhnlich stimmen.
Plötzlich wußte Sebastian, er hatte mit Saskia einen Fehler gemacht. Die Scheibe lief wieder. Es gab Sonderspiele. Morgen würde er die Jacke kaufen und sie anrufen. Dann würde alles so wie immer sein.

»Jetzt bist du dran«, hörte er seinen Vater durch die Schwaden aus beißendem Zigarettenrauch sagen. Er war vom Automaten zurückgetreten, um Sebastian Platz zu machen. Ein hagerer Typ mit Bürstenschnitt wollte sich an die Maschine drängen. Sebastian schob ihn weg.

»Sonst geht's dir gut!« sagte der Mann herausfordernd. Nur Sekunden standen sie sich gegenüber. Sebastian fühlte den Atem des anderen. Er roch nach Bier.
»Laß ihn! Er ist mein Junge«, beschwichtigte ihn sein Vater.
Dann stierten alle Augen auf Sebastian. Er spürte ihre Blicke, aber sie waren ihm egal. Alle Menschen waren ihm in diesem Augenblick egal. Es gab eine Welt irgendwo da draußen, seine Mutter, Saskia, die Schule, aber das Zentrum war hier, in den drei Feldern des glitzernden Gerätes, von dem er erfahren würde, ob es sein Freund war oder sein Feind. Er fühlte, er hatte sein Schicksal in der Hand. Er würde diesen Kasten schlagen. Er würde sie alle schlagen, und sie würden es miterleben. Und wenn niemand es vor ihm geschafft hatte. Heute war es soweit. Er würde es diesem verdammten Kasten zeigen.
Ganz still war es mit einemmal. Als ob die Typen alle gleichzeitig aufgehört hätten, ihre Geschichten zu erzählen, zu lachen oder zu lamentieren. Und in diese Stille hinein hörte man, wie der nächste Fünfer in die Mühle fiel und die Räder in Bewegung setzte.
Eine Krone läuft links ins markierte Feld ein. Dann eine rechts. Seine Hand schnellt vor. Zu spät. Die dritte Krone kommt nicht. Er hat drei Sonderspiele.
»Konzentrier dich! Du mußt schneller sein«, be-

schwört ihn sein Vater, als ob es allein darauf ankäme. Das nächstemal drückt er geistesgegenwärtig die Stopptaste.

»Zu früh!« schreit sein Vater.

Wo ist das Glück? Er hat es doch im Griff gehabt. Das Wunder geschieht nicht. Auch nicht bei den nächsten fünf Spielen. Das wilde Konzert, die Krönungsmelodie, die den großen Gewinn signalisiert, bleibt aus. »Kann mir jemand Geld wechseln?« hört er sich sagen. Und mit dem Geld ist das Gefühl der Erregung gleich wieder da. Jetzt muß er es schaffen. Er hat die zwanzigfache Chance. Wieder kommen Sonderspiele. Seine Finger bedienen die blinkenden Knöpfe wie in einem Traum. Sei Vater gibt die Befehle, aber er weiß nicht mehr, wann er was drücken soll. Zwischendurch belohnt ihn eine schmeichelnde Melodie mit Sonderspielen. Jetzt... jetzt muß der Gewinn kommen. Doch ein höhnender Quäkton sagt ihm, daß er wieder verloren hat. Noch einmal wechselt er Geld. Einmal muß es doch kommen, das wilde Konzert des Siegers, das alle im Raum hochfahren läßt. Einmal. Vielleicht morgen, denkt er, als er die letzten fünf Mark eingeworfen hat.

»Hast du noch was?« fragt er seinen Vater, dessen Augen rote Ränder haben und in einer Art Gallert zu schwimmen scheinen.

»Trink erst mal n' Schluck!« sagt er und schiebt Sebastian ein Bierglas rüber. Sebastian starrt in

das Glas, und plötzlich, als würde sich sein ganzer Körper gegen die Anspannung wehren, wird ihm hundeübel.
Er stürzt hinaus, sucht die Toilette. Findet sie. Dann übergibt er sich ins Waschbecken. Mit zitternden Beinen kommt er zu sich. Da steht ein Typ vor dem Spiegel und kämmt sich sein fettiges dunkles Haar. Er schenkt Sebastian ein breites halb mitleidiges, halb gemeines Grinsen: »Du viel verlieren. Nix gut.«
»Das hol' ich mir alles wieder.«
»Wann? Morgen?« sagt der andere lachend. Seine Absätze klingen unangenehm hart auf den Fliesen. Die Tür schlägt. Sebastian ist allein. Er hält einen Moment seinen Kopf unter den Wasserhahn und spült sich den schlechten Geschmack aus dem Mund. Wenn Saskia ihn so sehen könnte. Nein. Das ist nicht das Problem. Seine Mutter hat einen Monat auf dieses Geld gespart, hat sicher nur dafür auf die Fahrt zu ihrer Schwester nach Erfurt verzichtet.
Nicht mal eine Stunde, und er hat es verspielt. Er sieht in den Spiegel. Seine Augen sind müde und stumpf. Mit einemmal haßt er den Automaten.

»Also keine Lederjacke. Du traust dich nicht nach Hause, was? Dann schläfst du eben bei mir«, sagte sein Vater später.
Sie waren die letzten Gäste, und der Wirt räumte Gläser in die Borde. Sebastian hörte alles nur

noch von weit. Er war woanders. Vielleicht bei dem Automaten, der in gewissen Abständen Lockrufe aussandte, so als fühlte er sich vernachlässigt und wollte auf sich aufmerksam machen. Oder auch bei seiner Mutter.
Früher, wenn Sebastian krank gewesen war, hatte sie ihm oft Modellbögen für Bauernhöfe mitgebracht. Er hatte im Bett gelegen und sie zusammengebastelt. Dabei hatte der Geruch nach Kleber immer Geborgenheit für ihn bedeutet, und die Vorstellung, mit seiner Mutter mal in einem solchen Bauernhof zu wohnen, war das Schönste für ihn gewesen.
Wieso dachte er jetzt daran?
Er stellte sich den Ausdruck auf ihrem Gesicht vor, wenn sie erfuhr, daß es nie eine Lederjacke geben würde, daß er alles verspielt hatte. Er sah ihre Augen vor sich. Ganz groß, den Mund offen, voller Verwirrung und Unverständnis. Und wieder mußte er denken, daß sie auf die Reise nach Erfurt zu ihrer Schwester nur verzichtet hatte, um das Geld für diese Jacke zurückzulegen. Der Gedanke schnitt ihm ins Herz, verwirrte ihn so, daß er einen Augenblick daran dachte, mit seinem Vater mitzugehen.
»Warst du mal in Südfrankreich?« fragte ihn sein Vater unvermittelt.
Sebastian sah ihn erstaunt an.
»Ich hab' da gearbeitet. In einer Bar in Cannes. Es war eine verrückte Zeit...«

Sebastian versuchte eine Ähnlichkeit an ihm zu entdecken, aber er fand nicht, was er suchte. Sein Vater hatte spärliches dunkles Haar, sah gutmütig aus und hatte etwas in den braunen Augen, was ihm gefiel. Etwas, was das Leben zu kennen schien. »Wie alt war ich damals?«
»Vielleicht zehn. Ich hab' oft an dich gedacht. Wir hätten viel Spaß miteinander gehabt. Einen Abend, es war mein Geburtstag, hab' ich im Spielcasino fünfundfünfzigtausend Francs gewonnen. Ich konnte setzen, wohin ich wollte. Es war wie verrückt... Eine Frau hatte mich versetzt. Also Pech in der Liebe und Glück im Spiel.«
»Und was hast du mit dem Geld gemacht?«
Der Lockruf des Automaten war zu hören. Sebastian erkannte ihn. Es war ein altes Lied: »Oh, du lieber Augustin...«
»Ich hab' mit dem Geld ein Haus dort unten anbezahlt. Es gehört mir. Es ist wunderschön. Auf dem Land. Wir sollten mal zusammen hinfahren. Die Lavendelfelder... Hast du schon mal Lavendelfelder gesehen?«
»Warum hast du dich von Mama getrennt?« fragte Sebastian, und es war einen Moment lang ganz still. Nur der Automat gab seltsame Töne von sich. Dann sah es aus, als wollte sein Vater zu weinen anfangen. Aber nach einer Ewigkeit sagte er nur: »Willst du es wirklich wissen? Es ist nicht sehr erfreulich.«

Sebastian schwieg.
Bis sie vor dem Haus standen, wo sein Vater wohnte. Es war eine alte, leicht verkommene Mietskaserne, eines der wenigen Häuser in der langen Straße, die noch nicht restauriert waren. Zögernd blieb sein Vater vor dem Eingang stehen. Schämte er sich, seinem Sohn sein abgeblättertes Zuhause verschwiegen zu haben?
»Willst du mit raufkommen? Ich habe ein Feldbett aus der Zeit beim Bund.«
»Wohnst du da ganz allein?«
»Weißt du, daß ich froh bin, daß wir uns jetzt kennen«, sagte sein Vater und wich seinem Blick aus.
Sebastian wandte sich zum Gehen. Doch sein Vater hielt ihn zurück. Er knöpfte sich das Hemd auf, und Sebastian sah seine dunkel behaarte Brust. Er dachte wieder daran, wie er seine Eltern vor vielen Jahren belauscht hatte. Dies war also der Mann gewesen, der manchmal gekommen war wie ein Fremder, um sich auszuziehen und seine Mutter kurz und heftig zu lieben. Sie hatten das Zimmer abgeschlossen und weder vorher noch hinterher viel gesprochen. Er erinnerte sich so genau, weil er immer gedacht hatte, Menschen, die sich lieben, müßten es vor allem mit Worten tun. So wie im Kino.
In der Dunkelheit schimmerte etwas Metallenes auf der Brust seines Vaters.
»Was ist das?« fragte Sebastian.

»Meine Hundemarke von der Bundeswehr. Ich hab' sie immer bei mir. Wenn du im Krieg fällst, brechen sie die Hälfte ab und schicken sie deinen Angehörigen.«
»Aber wir haben keinen Krieg«, sagte Sebastian.
»Aber ich habe Angehörige. Dich zum Beispiel...« Er brach das Stück Metall zwischen seinen Fingern auseinander, daß das Zusehen weh tat. Dann reichte er ihm die eine Hälfte. Sebastian war wie erstarrt. Da stand der Mann vor ihm, der ihn gezeugt hatte und der sich jahrelang nicht zu erkennen gegeben hatte und der jetzt völlig hilflos war, weil sie sich zufällig getroffen hatten und er ihm nichts zu bieten hatte außer diesem lächerlichen Stück Metall. Und doch war er unendlich stolz auf ihn. Tränen standen ihm im Auge, und er stammelte: »Danke! Vielen Dank!«
»In deinen Ferien fahren wir in mein Haus nach Frankreich. Ja?«
»Ja«, sagte er und ahnte doch, daß nie etwas daraus würde.
Es war fast drei Uhr nachts. Die Straßen waren wie ausgestorben. Irgendwo drückte sich ein Liebespaar in einen Hauseingang, und als er sich nach ihnen umsah, zogen sich ihre Schatten noch tiefer in die Dunkelheit zurück.
Hastig ging er weiter.
Sicher schlief Saskia längst. Morgen auf dem Pausenhof würde sie ihm aus dem Weg gehen, und

wenn er sie ansprach, würde sie ihre schönen schmalen Augenschlitze bekommen und ihn fragen, wo das Geld für die Lederjacke sei. Er würde lügen müssen. Niemals durfte sie erfahren, daß er alles verspielt hatte. Es gab nur eins. Er mußte das Geld beschaffen. So schnell als möglich.
Im Treppenhaus blieb er einen Moment lang stehen und betrachtete seine Gestalt im Spiegel über der schmutzigbraunen Linoleumtapete. Seine Mutter würde sagen: »Du siehst schlecht aus«, so blaß und übernächtigt wirkte er. Leise ging er die Treppenstufen hoch, holte den Schlüssel vom Zählerkasten und schloß die Wohnungstür auf.
Im Wohnzimmer war noch Licht. Seine Mutter wartete mal wieder auf ihn. Sie saß vor einem Kreuzworträtsel auf dem Sofa. Neben ihr stand ein leeres Glas.
»Warum schläfst du nicht, Mama?« fragte er, obwohl er den Grund genau kannte.
»Weil ich mir jedesmal Sorgen um dich mache. Wo warst du?«
»In einer Kneipe«, antwortete er. »Ist das verboten?« Für einen Augenblick sah es so aus, als würde ihre schmale, blasse Erscheinung ganz vom Lichtschein der Lampe aufgesogen.
»Du hast getrunken...« In ihrer Stimme klang ein leiser Vorwurf mit.
Sebastian ging zum Fenster und sah raus. »Mama, ich trinke nicht mehr als die anderen. Wie oft soll ich dir das noch sagen.«

»Aber was tust du so lange?«
Eine Pause war entstanden. Die Straße draußen war leer und dunkel. Nur eine einzelne Laterne brannte direkt vor dem Haus.
»Ich möchte wissen, was mit meinem Vater los ist.«
»Mit deinem Vater?«
»Warum wohnt er nicht bei uns?«
»Ich will nicht, daß du schlecht von deinem Vater denkst. Ich...« Hastig kritzelte sie in ihrem Kreuzworträtsel herum. »Ich hätte es dir längst sagen sollen. Warum glaubst du, habe ich Angst, daß du nachts nicht nach Hause kommst? Ich habe Angst, dich zu verlieren. So wie ihn.«
»Das ist doch albern, Mama«, sagte er.
»Drei Monate, nachdem du geboren warst, verschwand dein Vater. Er war einfach weg. Ohne eine Nachricht. Nichts. Ich saß hier, die Bank kam und wollte Geld für irgendwelche Kredite. Ich hatte keinen Pfennig und niemanden, der mir half. Damals habe ich mein Leben ganz auf uns zwei ausgerichtet. Ich mußte dich noch durchbringen...«
»Mein Vater ist nicht schlecht.«
»Schlecht... Wer ist schon schlecht? Ich hätte ihm nie begegnen sollen. Habe ich dir schon mal gesagt, daß ich ihn sehr geliebt habe?«
»Und er?«
»Ich glaube, er kann gar nicht lieben. Er hat nie jemanden geliebt. Es gibt nur eine Sache, die ihn

wirklich interessiert. Eine einzige Sache auf der Welt.«
Sebastian drehte sich vom Fenster weg und blickte sie an. Obwohl seine Mutter für ihr Alter sehr gut aussah, wirkte ihr Körper mit einemmal klein und eingeschrumpft, und er merkte, wie sie sich auch innerlich bei jedem Wort mehr zusammenzog. Gestern noch hätte er sie in den Arm genommen. Heute hielt ihn etwas davon zurück. Vielleicht die Tatsache, daß er zum erstenmal seit langem seinen Vater getroffen hatte.
»Du meinst, er geht in Kneipen.«
»Ich bin zu weit gegangen. Ich wollte nie mit dir darüber reden. Ich...« Er sah, wie sie aufstand und unsicher nach dem Glas griff. »Wir Menschen sind nun mal verschieden, und ich habe nicht die Kraft gehabt, ihn zu ändern. Niemand hätte es gehabt.«
»Wieso sagst du das, Mama?«
Sie stand in der Tür, und Sebastian kam der Gedanke, daß sie seinen Vater mit Vorwürfen aus dem Haus getrieben hatte. Manche Frauen sahen in Männern Feinde, nur weil sie anders waren als sie. War es nicht bei Saskia manchmal auch so? Was verstand sie von den Dingen, die Männern viel bedeuteten, wie Fußball und Freunde, mit denen man abends noch in der Kneipe herumsaß?
Er erschrak, so stieß seine Mutter die Worte hervor: »Weil dein Vater ein Spieler ist, wenn du weißt, was das bedeutet.«

»Mama! Jeder von uns ist ein Spieler.«
»Du hast ja keine Ahnung, was es für andere bedeutet, mit so einem Menschen zusammenzuleben. Du weißt nicht, wie es ist, wenn man ganz unten ist wie dein Vater. Für ihn ist es zu spät. Er hat alles verspielt. Alles, was er hatte. Sogar die Menschen, die ihn lieben.«
Seine Mutter hatte sich ein Kleenex-Tuch genommen und wischte sich über die Augen. Dann hörte er sie in der Küche rumoren. Immer wenn sie etwas aufregte, flüchtete sie an den Herd. Er sah auf das unfertige Kreuzworträtsel, nahm den Stift und schrieb etwas in die leeren Felder. Es war sein Name. SEBASTIAN. Er paßte genau an die Stelle.
Natürlich war er sich klar darüber, was sie in all den Jahren für ihn getan hatte. Er wußte es genau. Doch das machte alles nur noch viel schlimmer. Niemals würde er sie enttäuschen dürfen. Manchmal hätte er sie hassen können für dieses Gefühl der Abhängigkeit und Unfreiheit. Für die ewige Dankbarkeit, die sie von ihm forderte. Es war, als säße er in einem Hamsterrad, das sich dauernd drehte und das ihn schwindlig machte.
Als er im Bett war, legte er noch eine Platte von den Dire Straits auf. »Why worry now.« Saskia liebte das Stück besonders. Bei der Melodie hatten sie sich zum erstenmal geküßt.
Später hörte er im Halbschlaf, wie seine Mutter

hereinkam, die Musik abschaltete, ihm durchs Haar strich und das Licht löschte. Noch während er einschlief, dachte er an die Jacke, und sie schien ihm unendlich weit weg.

3

»Die meisten Lehrer haben ihren Beruf verfehlt«, schimpfte Markus nach der Biologiestunde. Er hatte beim Thema »Fortpflanzung der Epiphyten« total versagt. »Warum lernen wir nicht, wie es die Menschen machen? Dann könnten wir die Bevölkerungsexplosion verhindern helfen.«
»Der weiß doch gar nicht, wie das geht«, sagte Sebastian und blickte in das übernächtigte Gesicht seines Nachbarn. »Arbeitest du noch immer in der ›Turbine‹?«
»Die volle Härte.«
»Und?«
»Um zwölf tun dir die Füße weh, und du mußt dir die Probleme von unverstandenen Mädchen anhören.«
»Und was zahlen sie?«
»Achtzehn Mark die Stunde plus Trinkgelder.«
Sebastian überlegte einen Augenblick. »Da könnte ich in drei Nächten dreihundert Mark verdienen. Sag mal, brauchen die noch jemanden?«
»Ich will mal sehen, was sich machen läßt. Komm heute abend einfach vorbei.«
»Und wann?«
»Um sieben. Aber denk nicht, daß du da rumste-

hen kannst. Wer in der Disco jobbt, altert schneller.«

»Stimmt. Du siehst wirklich schon wie Mitte Dreißig aus«, erwiderte Sebastian.

»Danke!« sagte Markus.

Mit einemmal war die Lederjacke wieder ganz nahegerückt. Auf dem Hof entdeckte er Saskia mit zwei Freundinnen. Er setzte sich auf die Treppe, genau in ihr Blickfeld, aber sie schien ihn nicht bemerken zu wollen. Die Mädchen unterhielten sich laut lachend und sahen nicht ein einziges Mal herüber.

Es hatte zur nächste Stunde geklingelt. Er mußte unbedingt vorher mit ihr sprechen. Einen Moment hatte er sogar mit dem Gedanken gespielt, ihr alles zu beichten. Er folgte den dreien und stellte sie vor der Klassentür. Ihre Freundinnen wichen erschrocken zur Seite. Nur Saskia blieb stehen. »Was willst du noch?« sagte sie.

»Ich muß mir dir reden.«

»Ich wüßte nicht, worüber.« Ihr Mund schmollte, und ihre Augen sahen durch ihn hindurch. Sie war völlig unerreichbar für ihn.

»Es ist wegen gestern...«

»Interessiert mich nicht mehr.«

»He, was ist mit dir los?« Er hielt sie am Arm fest und spürte ihr Aufbegehren. Die Lehrerin hatte die Klasse betreten, und alle starrten jetzt erwartungsvoll zur offenen Tür.

»Merkst du nicht, daß du mich nervst?«

Er ließ sie los.
Die Lehrerin sagte: »Und vielleicht kann der junge Herr nun die Tür zumachen!«
Dann stand er allein auf dem Flur, und ihm fiel ein, was seine Mutter gestern über seinen Vater gesagt hatte: Er hat alles verspielt. Auch die Menschen, die ihn lieben. Was hatte er falsch gemacht? Was, in Gottes Namen, hatte er bei ihr verkehrt gemacht?

In der letzten Unterrichtsstunde hatten sie Deutsch. Diesmal ging es nicht um den Klumpfuß des Dorfrichters Adam im »Zerbrochenen Krug«, sondern um ihre Klassenreise nach Rom. Jede Einzelheit wurde mit gähnender Langwierigkeit durchgekaut. Für Stadtfahrten, Besichtigungen und Extras hatten sie in eine gemeinsame Kasse gesammelt.
»Wer verwaltet dieses Geld?« fragte Sieber, ihr Deutschlehrer.
Es wurde ganz still in der Klasse. Sieber machte es immer besonders spannend.
»Wer verdient denn hier unser Vertrauen?« fragte er noch einmal. Da antwortete die Klasse im Chor:
»Seeeebastian!«
Er wollte protestieren, aber es war sinnlos, sich dem Votum der Klasse zu entziehen. Feierlich überreichte ihm Sieber den Schlüssel. Sebastian öffnete die Stahlkassette, so daß alle den Inhalt

noch einmal sehen konnten. Es waren über dreihundert Mark. Dann schloß er ab und stellte die Kasse in den Schrank.
»Davon kannst du dir bei den Itakern nicht mal einen Rausch antrinken«, raunte Markus ihm zu.
»Also um sieben in der ›Turbine‹.«
»Ciao bello!« verabschiedete Sebastian sich.

Die anderen waren schon gegangen. Nur Sebastian stand noch am Klassenfenster. Von hier aus konnte er sehen, wenn Saskia zu den Fahrradständern ging. In einer Traube von Schülerinnen kam sie. Sie brauchte etwa zwanzig Sekunden, um sich von ihren Freundinnen zu verabschieden, ihr Fahrrad aufzuschließen und den Wald beim Sportplatz zu erreichen. Er benötigte genau die gleiche Zeit, um sie über vier Treppen und den ganzen Schulhof einzuholen. Als er hinter ihr stand, verstellte er seine Stimme leicht und sagte: »Wenn ich mal groß bin, möchte ich ein Kind von Ihnen haben.«
Erschrocken fuhr sie herum, starrte einen Moment aus ihren schönen Augen in sein Gesicht und mußte plötzlich lachen. »Sexprotz!«
»Einverstanden. Kommst du mit zum Griechen?«
»Eigentlich muß ich für Mathe pauken.«
»Kann ich dir alles beibringen.« Er pochte sich an die Brust. »Mein Großvater war Einstein, und hier verkümmert ein Genie.«

»Angeber!«
»Bist du mir noch böse?«
Sie bekam wieder ihren gefährlich durchdringenden Blick.
»Mildernde Umstände?« flehte er.
»Nein«, sagte sie.
»Und warum nicht?«
»Stell dir vor, ich hau' deinetwegen zu Hause ab, bring' dir das Geld für die Jacke, und du hängst an so einem beschissenen Automaten. Manchmal könnte ich dich echt umbringen.«
Sie hatte eine Faust gemacht. Er packte sie und küßte sie heftig. Ein paar Mädchen neben ihnen kicherten.
Dann saßen sei beim Griechen, und Sebastian hatte wieder das Gefühl, sein Leben sei das schönste. Wann war er, bevor er sie kennengelernt hatte, jemals so locker, so gut drauf gewesen? »Weißt du, daß ich mich unheimlich in dich verliebt habe?«
»Könntest du das nochmal mit leerem Mund sagen«, erwiderte sie, weil er auf seinem Souflaki kaute und man kaum was verstehen konnte.
Beide mußten lachen, und plötzlich umarmte sie ihn und wollte ihn nicht mehr loslassen. Kyriakis, der Grieche, murmelte aus dem Hintergrund:
»Kinder, euer Essen wird kalt.«
Saskia fuhr hoch. Dann versuchte Sebastian, ihr auf einer Serviette das Auflösen von Gleichungen

dritten Grades beizubringen. Mein Gott, bei ihm war das schon ewig her. Es klappte nicht. Nichts klappte. Vermutlich, weil sie neben ihm saß. Weil der Duft ihres Parfums ihn irritierte. Weil sie ihn so erwartungsvoll ansah. Weil alles an ihr Signale aussandte: ihre verwirrend schrägen Augen, die Linie ihres Halses, wenn sie sich nach vorn beugte, die Berührung ihrer Hände.
»Scheiße!« sagte er beim dritten Versuch.
»Das überzeugt mich voll«, erwiderte sie.
»Also eine Gleichung ist, wenn...«
»...immer das gleiche auf beiden Seiten rauskommt. Weiß ich auch, du verkümmertes Genie. Wie bist du nur durch die Zehnte gekommen? Du solltest vielleicht doch lieber Verkäufer im Plattenladen werden.«
Als sie zahlen wollten, merkte er, daß er kein Geld hatte:
»Du, ich hab' mein Geld vergessen. Kannst du mir das auslegen? Ich geb's dir gleich wieder.«
Sie hatte auch kein Geld. Einen Augenblick stockte ihm der Atem. Kyriakis stand mit der Rechnung neben ihnen: »Ihr habt ja kaum was gegessen.«
»Es war einfach zuviel«, sagte Saskia.
Sebastian fummelte noch immer in seinen Taschen herum und stotterte: »Sag mal, können wir bis morgen anschreiben lassen?«
»Ihr immer«, sagte der Grieche, und Sebastian spürte, daß Saskia ihn von der Seite her mit einer

Frage auf den Lippen ansah. Aber sie sagte nichts. Eine Straße weiter verabschiedeten sie sich.
»Sehen wir uns heute abend?« fragte sie.
»Ich muß dringend was arbeiten«, erwiderte er. Er wollte seinen Job in der »Turbine« nicht erwähnen. Sie würde nur überflüssige Fragen stellen. Und schließlich war es keine ganze Lüge, sondern höchstens eine halbe. Und einmal im Leben war das erlaubt.

4

Seit er denken konnte, lag der Wohnungsschlüssel auf dem Zähler neben der Tür. Wenn er aufschloß, wußte er so nie, ob seine Mutter auch da war. Beim Eintreten pfiff er dann halblaut ein Intervall, und wenn sie da war, gab sie das Zeichen zurück.
Heute wirkte die Wohnung ausgestorbener als jemals zuvor. Er machte den Fernseher an, ging in die Küche und briet sich ein Spiegelei. Er war gerade damit fertig, als seine Mutter die Tür aufschloß. Sie trug ein hellbeiges, enganliegendes Seidenkleid, in dem sie schlanker und jünger wirkte als gestern nacht. Nichts erinnerte an ihr Gespräch.
»Ich hab' gerade deine Saskia getroffen«, sagte sie. »Es tut mir so leid...«
»Daß du sie getroffen hast?« sagte er und küßte seine Mutter im Vorbeigehen.
»Das mit der Jacke.«
Fast wäre ihm der Teller mit dem Spiegelei aus der Hand gerutscht. Er hatte wieder dieses komische Gefühl, als säße etwas in seinem Magen, das ihn langsam von innen her auffraß. Sollte er so tun, als hätte er sie nicht verstanden, oder sollte er zum Angriff übergehen? Er drehte sich um und

zog schützend die Schultern zusammen. »Ich hab' sie noch nicht. Ich ... Mama, es tut mir leid.«
»Aber es ist doch meine Schuld«, sagte sie. »Saskia hat mir erzählt, sie sei teurer, als du dachtest. Das konnte ich nicht wissen. Hier!« Sie legte ihm einen Hundertmarkschein auf den Tisch. »Ich weiß, wie das ist, wenn man sich etwas so sehr wünscht und es nicht kaufen kann.«

Als er die Boutique betrat, erkannte ihn die junge Verkäuferin mit dem blonden hochgesteckten Haar wieder und lächelte: »Hallo! Wie geht's?«
»Ist die Jacke noch da?« Atemlos zwängte er sich zwischen die Kleiderständer. Er wußte genau, wo sie hing.
»Gestern nachmittag hat meine Kollegin was verkauft. Ich weiß nicht. Ich war nicht da.«
»Doch nicht meine Jacke«, sagte er fast ohne Stimme. »Das kann doch nicht wahr sein. Das ist doch nicht wahr, daß Sie die Jacke einfach verkauft haben ...«
»Tut mir leid.« Sie sah ihn ohne den Schatten eines Bedauerns an.
»Das ist eine Hundsgemeinheit«, protestierte er. »Das ist doch ...«
»Ich würde mich nicht aufregen. So was kommt sicher mal wieder«, sagte sie. Aber er regte sich auf. Er wollte sich aufregen.
»Ich fand sie so toll. Ich hab' mir sie jeden Tag angeschaut, und nun soll sie nicht dasein!?«

Auf der Straße brauste der Verkehr in alle verschiedenen Himmelsrichtungen. Das Ganze hatte etwas so Sinnloses, daß er vor Wut die Fäuste ballte. Was hatte er nicht alles mit dieser Jacke verbunden? Hoffnungen, Träume, Allmachtphantasien. Irgendwo in dieser Stadt lief jetzt einer mit seiner Lederjacke herum. Eine alberne Vorstellung. Was war nur mit ihm los? Es gab tausend Lederjacken auf dieser Welt. Was machte ihn bloß so wütend? Vielleicht, daß er es als persönliche Niederlage empfand. Früher hatte er so etwas noch leichter weggesteckt. Heute nicht. Heute mußte etwas passieren, was ihn für diesen Verlust entschädigte, was seinem Leben einen Stoß gab. Irgend etwas, was diese komische Leere, die er in sich fühlte, ausfüllte.
Er hatte die Straße eigentlich gar nicht überqueren wollen. Aber irgendwie fand er sich auf der anderen Seite wieder. Da war die Kneipe, in der er gestern sein Geld verloren hatte. Auch eine persönliche Erniedrigung. Ob das Geld noch da war?
Es war ein Gedanke, den er sich eigentlich verboten hatte, der absurd war. Aber er war immer wiedergekommen. Jetzt war er noch stärker als zuvor, hatte Besitz von ihm ergriffen. Sebastian konnte gar nichts dagegen tun. Er dachte immer nur an das Geld, das er verloren hatte und das ein anderer gewonnen haben mußte. Es war sein Geld.

Wie um sich gegen solche Überlegungen zu schützen, ging er durch ein paar Straßen, die er nicht kannte, und sah in die Auslagen der Schaufenster. Da waren Jacken, ganz ähnlich wie seine. Doch mit einemmal ließ sein Interesse nach. Die Jacke verlor immer mehr ihren Glanz, war gar nicht mehr so wichtig. Etwas ganz anderes trat an ihre Stelle. Der Kick, den er brauchte und den er sich nur an einem Ort verschaffen konnte.

Es war kurz nach fünf, als er sich langsam wieder der Kneipe näherte. Die Fensterscheiben waren lange Zeit nicht geputzt worden. Regen und Auspuffgase hatten sie schwarz gemacht, und man konnte die Lichter der Automaten drinnen nur schwer erkennen.

Ein Mann spielte an zwei Kisten gleichzeitig. Er war hager, trug einen dunklen Anzug und wirkte professionell, wenn er mit blitzschnellen Bewegungen die Tasten bediente. So wie einer, der im Western den Colt zieht. Sebastian konnte das blinkende Sonderspieltableau erkennen und fühlte, wie erregt er war.

Warum stand er noch hier draußen? Hier war er nur ein Irgendwer in irgendeiner Stadt, die nicht wirklich war, die ihn nur gleichgültig behandelte. Da drinnen aber war Erregung und Spannung, das wirkliche Leben, das man mit einer Münze erwecken konnte. Und es war sein Geld, das in diesem Automaten steckte. Dieser Mann raubte ihm sein Geld.

Er trat ein.
Außer dem Wirt kannte ihn niemand. Die Männer an der Theke hatten abwesende Blicke und schienen ihn gar nicht zu beachten. Und doch fühlte er sich beobachtet und hatte Mühe, sich natürlich zu bewegen.
»Ein Helles«, sagte er.
Der Wirt musterte ihn nur kurz und schlurfte an den Zapfhahn. Der Mann im dunklen Anzug betätigte wie entfesselt die Risikotaste.
Plötzlich ein Aufschrei. Hundert Sonderspiele. Alle sprachen lauter, so als wäre es ihr persönlicher Sieg über den Automaten. Dann ratterten kurz hintereinander Münzen in die Auffangschale. Sebastian konnte nicht sagen, wie viele es waren. Es mußten weit über fünfzig Mark sein.
»Meine Miete«, sagte der Mann und raffte das Geld zusammen. Eilig verließ er das Lokal.
Der Wirt schob Sebastian das Bier hin. Er nahm einen Schluck und merkte sofort, wie es wirkte und den letzten Widerstand brach. Einer der drei Automaten gab einen Lockruf von sich.
Ich spiele für fünf Mark und höre dann auf, dachte er. Das Fallen der Münze löste einen elektronischen Kontakt aus. So als stünde der Automat mit ihm in Verbindung, gab es gleichzeitig einen Kick in seinem Kopf. Die Scheiben setzten sich in Bewegung. Alles drehte sich, leuchtete, lebte. Seine Niedergeschlagenheit war wie weggeblasen.

Er hat alles wieder im Griff, ist gelöst und frei. Denn er wird, wenn er nur will, den Automaten besiegen.

Sebastian merkt gar nicht mehr, wann er die zweiten fünf Mark einwirft. Das ist auch nicht wichtig. Wichtig ist, daß die Maschine nicht zur Ruhe kommt. Daß sie nicht schweigt. Dabei trägt ihn der Gedanke: Ich allein hab' es in der Hand.

In der Risikoleiter geht es nach oben. Sonderspiele kommen. Zwanzig Mark, fünfzig, dann sind sogar achtzig im Speicher. Er wird sich alles zurückholen. Er wird diesen Automaten schlagen. Er wird ihn erniedrigen. In die Knie zwingen. Er wird seinem Vater beweisen, daß er alles andere als ein Verlierer ist. Er ist wie im Rausch. Er spielt nicht mehr um Geld. Was ist Geld? Er spielt, um zu spielen. Drei Stunden und unzählige Biere später liegt er mit siebzig Mark hinten. Doch er muß unbedingt weitermachen. Es ist wichtig, seinem Gegner keine Ruhe zu gönnen, sich von ihm nicht verhöhnen zu lassen. Doch er hat nichts mehr. Als der Automat die letzte Münze geschluckt hat, sucht er überall und findet nur den Schlüssel einer Kassette, die irgendwo in der Schule steht und in der über dreihundert Mark sind.

Gerade jetzt darf er sich dem Automaten gegenüber keine Blöße geben. In einer halben Stunde kann er zurück sein und das Geld verdoppeln.

»Ich komme gleich wieder«, sagt er. Der Wirt verzieht keine Miene, und Sebastian verläßt das Lokal.

Ein paar Schüler in bunten Jogginganzügen spielten drüben an den Basketballkörben, als er die Sandsteinstufen des alten Gebäudes hinauflief. Seine Schritte klangen unheimlich in dem leeren Gebäude wider, und nur ganz weit, am Ende eines Flurs hinter irgendeiner Tür, hörte man die Stimme eines Lehrers.
Die Klasse war nicht abgeschlossen. Der Schlüssel zum Schrank lag in der Kathederschublade. Dort lag er immer. Er nahm ihn und schloß die Kassette auf. Dabei spürte er ein seltsames Gefühl in sich aufsteigen. Es war so etwas wie Angst, eine unfaßbare Angst. Plötzlich stockte sein Blut. Schritte näherten sich im Gang. Hastig riß er die Scheine an sich, hatte die Kassette aber noch nicht wieder weggeräumt, als die Tür aufging.
Er hätte jeden anderen hier erwartet. Nur nicht Björn, das Bleichgesicht. In einem dottergelben Jogginganzug. Dieser blöde Kerl. Was mußte er ausgerechnet jetzt hier auftauchen. Sebastian tat so, als würde er das Geld zählen, und legte es wieder zurück in das Stahlfach der Kassette.
»Ich nehm' sie mit nach Hause. Falls jemand auf dumme Ideen kommt...«
»Wie meinst du das?« fragte Björn, dessen lauernder Blick Sebastian nicht gefiel.

»Du kannst keinem trauen. Weißt du, wieviel hier geklaut wird?«
Björns farblose Wimpern zuckten nervös, während er beobachtete, wie Sebastian die Kassette abschloß.
»Ich hab' dich ganz schön erschreckt, was?«
»Was machst du überhaupt hier?« fragte Sebastian.
»Ich hab' ein bißchen Basketball gespielt und gesehen, wie du kamst. Ich wollte fragen, ob du mal Lust hast, mit uns zu trainieren.«
»Danke. Kein Bedarf.«
Sebastian nahm die Kasse unter den Arm und ging. Auf der anderen Seite des Schulhofs, genau unter den Korbballringen, wo jetzt niemand mehr spielte, drehte er sich um und blickte zum Fenster hoch. Er glaubte eine hagere Gestalt dahinter zu erkennen. Er konnte sich aber auch irren.
Von Anfang an wollte sich Björn bei ihm anbiedern. Doch Sebastian war bis auf einmal, als sie zusammen ausgingen, auf Distanz geblieben. Niemand mochte das Bleichgesicht, vor dessen Raffzähnen auch die Mädchen Angst hatten. Angeblich hatte er mal einer auf dem Schulfest beim Küssen fast die Zunge abgebissen. Doch es konnte auch ein Fehler sein, sich nicht mit ihm zusammenzutun. Er war nicht nur eine Karikatur. Er war der Beste in der Klasse und hatte Einfluß auf viele Lehrer.

In genau zwei Stunden würde er seinen Einsatz verdoppeln, hatte sich Sebastian vorgenommen. Dazu mußte er ganz auf Risiko spielen. Aber nichts lief. Er kam in der Glücksleiter überhaupt nicht mehr hoch, und der Automat schluckte wie verrückt. Während seine Nervosität immer größer wurde, ließ seine Konzentration nach, und das Geld der Klasse zerrann ihm zwischen den Fingern.
Es war schon kurz nach acht, als er das letzte Fünfmarkstück an den unersättlichen Automaten verfütterte. Dann war alles vorbei. Die Kassette war leer. Ihm fiel ein, daß er mit Markus in der Diskothek verabredet war. Es war schon über die Zeit.
»Und wer zahlt das Bier?« fragte der Wirt. Seine Hände suchten verzweifelt in den Taschen. Da war nichts mehr. Er fühlte, wie ihm der Schweiß ausbrach.
»Ich zahl' das morgen. Hier, ich geb' Ihnen zur Sicherheit meine Uhr...«
Mißtrauisch betrachtete der Wirt die Armbanduhr, die Sebastian auf den Tresen schob. Seine Mutter hatte sie ihm zur Konfirmation geschenkt. Sie war ein kleines Vermögen wert.
»Na ja, ist in Ordnung«, murmelte der Wirt und nahm die Uhr an sich.
Dann war Sebastian draußen, tauchte drei Straßen weiter in die S-Bahn-Station. Es dauerte Ewigkeiten, bis ein Zug kam, und erst kurz vor

neun drängte er sich am Türsteher vorbei in die Disco. Der Lärm war unerträglich, die Luft schien zu brennen.

»Wo ist Markus?« schrie er einem Mädchen zu, das auch hier arbeitete. Dann sah er ihn. Er balancierte ein Tablett voller Gläser durch die selbstvergessen tanzenden Paare. »Da bin ich!« keuchte Sebastian atemlos.

»Weißt du, wieviel Uhr es ist?«

»Keine Ahnung. Das ist ja wie im Irrenhaus hier.«

»Deswegen ist dein Job auch schon weg«, schrie Markus ihm zu, verteilte die Gläser und kassierte ab.

»Aber wieso?«

»Hör mir mal zu! Hier mußt du dafür sorgen, daß die Kids sich was einfahren, sonst wirst du ausgewechselt. Und du kommst heute nacht nicht mehr auf deinen Umsatz. Und noch was. Du brauchst eine positive Ausstrahlung. Hast du mal dein Gesicht gesehen? Du siehst aus wie Draculas Großmutter. Was ist eigentlich mit dir los?«

»Du kannst mich mal. Das ist mit mir los«, sagte Sebastian, schnappte einem der Jungen am Tisch das Glas weg und trank es aus. Dann sagte er zu Markus: »Bring ihm auf meine Rechnung ein neues.«

Jemand protestierte laut. Aber er war schon auf der Straße. Das Zeug war Amaretto und brannte

in seinem Magen. Endlich hatte seine Mutter Grund, an ihm herumzuschnüffeln.
Als er die Haustür aufschloß, sah er sie im Wohnzimmer vor dem Fernseher sitzen. Er wollte sich rasch vorbeischleichen, aber sie hatte ihn schon gehört. »Sebastian?«
»Ich bin müde und geh' gleich ins Bett, Mama.«
»Wo warst du? Willst du mir nicht wenigstens gute Nacht sagen?«
Er schaffte es nicht, in seinem Zimmer zu verschwinden, denn seine Mutter stand schon im Flur.
»Wie siehst du denn aus?«
»Wie ich halt ausseh'...«
»Und die Jacke?«
»Welche Jacke?«
»Die Lederjacke... dein Geburtstagsgeschenk?«
»Sie war schon weg. Irgendein Mistkerl hat sie mir weggeschnappt.«
»Muß es denn unbedingt eine ganz bestimmte Jacke sein?«
»Mama! Ich hab' mir die so lange gewünscht... Bis morgen.« Er wollte an ihr vorbei.
Aber sie fing wieder mit ihrer üblichen Schnupperei an. »Wie riechst du denn?«
»Das ist ein Parfüm.«
»Aber das riecht wie Alkohol.«
»In jedem Parfüm ist Alkohol. Und jetzt laß mich in Ruhe. Laß mich, verdammt noch mal, endlich in Frieden. Du gehst mir echt auf den Geist.« Die

letzten Worte hatte er geschrien, ging in sein Zimmer und warf die Tür hinter sich zu. Dann zog er langsam die Tennisschuhe aus und lauschte auf die dumpfen Stimmen des Fernsehers nebenan.
Manchmal beruhigte sich seine Mutter, manchmal nicht. Er legte eine Platte auf und zog sich wie zum Schutz die Kopfhörer über die Ohren.
Er hatte schon eine Weile auf dem Bett gelegen. Da spürte er sie wieder, diese Unruhe. Er konnte sich nicht einmal mehr auf die Musik konzentrieren. Sein Herz raste, als wollte es aus dem Verlies seines Körpers ausbrechen. Er versuchte an etwas Schönes zu denken, an Saskia, wie sie damals mit ihm zusammen im Strandkorb gelegen hatte. An das Gefühl der Wärme und des Geborgenseins in ihrer Nähe. An die Schreie der Möwen, an ihre halbgeschlossenen Augen, wenn sie sich zu ihm herabgebeugt hatte, um ihn zu küssen.
Aber das Bild verschwamm. Der Strandkorb war leer. Er konnte sich nicht mehr richtig erinnern, nahm die Kopfhörer ab und lauschte in die Wohnung. Seine Mutter hatte den Fernseher abgeschaltet, und es war ganz still.
Vielleicht lag sie schon im Bett. Vielleicht weinte sie. Er hätte zu ihr gehen, ihr alles erzählen und sie um Verzeihung bitten können. Aber er hatte die Kraft nicht, und vielleicht ahnte sie auch etwas von allem.
Morgen hab' ich Glück, dachte er. Es ist einfach nur ein schlechter Tag gewesen. Dabei spielte er

im Geiste bereits wieder. Er sah das Risikotableau und stieg in der Leiter immer höher hinauf. Hunderte von Sonderspielen kamen. Im Unterbewußtsein hämmerte er auf die Taste, und immer wieder kam die dritte Krone, und das wilde Konzert setzte ein. Triolen fegten auf und nieder. Crowns Triumphmarsch.

Er wollte siegessicher die Arme hochreißen, aber er fiel nach hinten und wurde wach. Die Musik klang noch in seinen Ohren. Er hatte die Kopfhörer vergessen und lag angezogen im Bett. Es gab keine Sonderspiele. Es gab nur sein Zimmer, in dem er seit Tagen nicht mehr aufgeräumt hatte. Seine Mutter nannte es eine »Sondermülldeponie«.

Morgen würde er aufräumen, und morgen würde er auch gewinnen. Alles würde morgen anders werden.

5

Die schräge Sonne zeichnete das Rautenmuster der Markise an die Zimmerwand, und ein Vogel sang in verzweifelt schönen Tönen, als wollte er die grausame Wirklichkeit des Tages hinwegsingen. Der Gesang kam Sebastian unerträglich laut vor. Er faßte sich an seine klopfende Schläfe. Bier und Amaretto, eine teuflische Kombination. Er wollte sich noch einmal umdrehen, um die Fortsetzung seines Traumes zu erwischen, als es gegen die Tür klopfte.
»Was ist?« knurrte er unwirsch und starrte auf das Chaos im Zimmer. In seiner Nervosität hatte er irgendwann in der Nacht einen seiner Computer auseinandergebaut und versucht, ihn wieder zusammenzusetzen. Jetzt lagen die Teile herum.
»Weißt du eigentlich, wie spät es ist?« sagte die Stimme seiner Mutter.
Er blickte auf sein Handgelenk. Es war nackt. Die Uhr. Wo war seine Uhr? Plötzlich fiel es ihm wieder ein. Er hatte alles verspielt. Vor allem aber die Kasse für die Reise nach Rom. Wo konnte er jetzt am frühen Morgen Geld auftreiben? Er würde behaupten können, er habe die Kasse zu Hause vergessen. Aber wie lange? Morgen, spätestens übermorgen würden sie die Kasse vermissen.

»Mußt du nicht in die Schule?« sagte seine Mutter an der Tür.
Ein fürchterlicher Schmerz rumorte in seinem Kopf. Er murmelte: »Ich will nie wieder in die Schule.«
Sein Pullover roch nach kaltem Rauch. Was wäre, wenn er seiner Mutter erklärte, was geschehen war, wenn er ihr hoch und heilig verspräche, nie wieder einen Spielautomaten anzurühren? Sie würde das Letzte für ihn opfern, um ihn aus so einer Situation herauszuholen. Das hatte sie immer getan. Doch als sie sich am Frühstückstisch gegenübersaßen, war sie es, die als erste sprach: »So wie heute nacht hast du mich noch nie behandelt. Ich habe verzweifelt hier auf dich gewartet, und du kommst herein und sagst kein Wort. Ich hab' mir Sorgen gemacht. Ich bin manchmal sehr traurig über dich. Und das macht mich krank.«
Sie wollte seine Hand ergreifen, aber er zog sie weg. Er wußte, wie sehr er sie damit kränkte. Er konnte nicht anders. Es war ganz still im Raum. Das Knacken der Crispies in seinem Mund war das einzige Geräusch.
So war es immer. Sie erpreßte ihn mit ihrer Gesundheit. Er hätte ihr sagen können, daß er sie liebte und nicht mehr allein lassen würde. Aber genau das war es, was sie wollte. Sie hätte sich noch mehr in sein Leben eingemischt. Sie hätte erwartet, daß er jeden Abend zu Hause blieb, ne-

ben ihr saß und all diese schwachsinnigen Fernsehfilme mit ihr ansah.
Jetzt war der Moment. Jetzt würde er ihr sagen, daß er das Geld für die Jacke verspielt hatte. Vorsichtig blickte er über den Tisch hinweg zu ihr. In ihren Augen lag etwas, was jedem zu sagen schien, wie schwer es war, eine verlassene Frau zu sein, die mit einem Sohn zusammenlebte.
Manchmal versuchte er, sich eine andere Mutter vorzustellen. Aber immer wieder sah er nur sie vor sich, hörte ihre Stimmen, ihre Klagen.
Dann wieder dachte er, wenn sie wenigstens schreien würde, schimpfen, toben. Alles wäre besser gewesen als diese Stille, dieser quälende Vorwurf, mit dem sie ihn ansah und der ihm die Verantwortung für ihr Leben gab.
Er mußte es ihr sagen. »Mama...«
»Ja?« Sie schob ihm den Kaffee hin.«
»Ich möchte keinen Kaffee.«
»Was möchtest du?«
»Ich möchte dir etwas sagen. Ich mache manchmal verrückt Sachen. Ich meine Sachen, die du vielleicht nicht verstehen kannst...«
Ihr Kopf fuhr hoch, und ihre Augen sahen so erschrocken drein, als hätte sie ihn bei etwas ganz Schrecklichem ertappt. »Wie meinst du das? Du machst mir doch keinen Kummer. Du weißt, ich habe immer die Angst, daß du...«
»...daß ich so werde wie mein Vater?«
Sie schwieg, und die Tasse in ihrer Hand

schwankte. Dann, nach einer Ewigkeit, sagte er: »Ich bin nun mal zur Hälfte mein Vater.«
»Bist du nicht.«
»Mama! Das ist doch albern.«
»Du bist es nicht.«
Er machte sein Hemd auf und holte die Bundeswehrmarke hervor. Er hatte sie poliert, und sie glänzte im Licht.
»Was ist das?«
»Die Hälfte meines Vaters«, sagte er und hielt sie ihr hin. Sie weigerte sich, auch nur einen Blick darauf zu werfen. »Sieh sie dir an. Komm, sieh sie dir an!«
»Ich will es nicht ansehen.«
»Soll ich dir erklären, was das ist. Man bekommt das bei der Bundeswehr. Jeder Soldat hat eine Nummer, und wenn er hops geht, schickt man die Hälfte an seine Familie.«
»Wie kannst du so geschmacklos sein!«
»Aber das ist so«, sagte er.
»Aber dein Vater lebt«, erwiderte sie.
»Ich denke, für dich ist er gestorben. Das Ding bringt mir Glück.«
»Wie du redest. Man sollte meinen, du hättest gar keine Gefühle.«
Er stand auf. »Hab' ich auch nicht.«
»Sebastian, du bist seit ein paar Tagen so verändert. Was ist mit dir?«
»Nichts. Ich wollte dir nur sagen, ich habe vielleicht einen Job in der Disco und komme später.

Damit du dich nicht wieder aufregst. Das ist alles.«
»Du trinkst doch nicht zuviel?«
»Ich werde die ganze Bar leertrinken, Mama. Bis mir die Leber zu den Ohren rauskommt. Bis später.«
Er wich ihrem Blick aus. Als er durch den Garten ging, sang die Amsel noch immer. Er wußte, seine Mutter stand am Fenster und blickte ihm nach. Vielleicht würde sie in sein Zimmer gehen, um etwas zu suchen, was ihr Aufschluß über ihn geben konnte. Sie würde nichts finden. Keinen Alkohol, keine Drogen. Nichts. Außer ein bißchen Computerschrott und den Essensresten von vorgestern. Sie würde beim Gedanken an ihn wieder tausend Tode durchleben, bis er irgendwann morgen früh nach Hause kam. Aber das schlimmste war, er konnte ihr nicht helfen und sie ihm nicht. Keiner konnte dem anderen helfen. Vermutlich war das auf der ganzen Welt so.

»Was war los mit dir gestern?« zischte Markus ihm während der Geschichtsstunde zu. Sieber war dabei, an der Tafel ein Schema des antiken Rom zu entwerfen. Als Krönung über allem das Capitol.
»Tut mir leid. Ich hab's einfach verschwitzt«, erwiderte er. »Was ist mit heute?«
»Mal sehen. Ich muß das erst mit der Chefin klären«, raunte Markus ihm zu.

»Könnten die Herren ihre Privatgespräche unterbrechen?« kam Siebers Stimme von der Tafel, und ein Stück Kreide traf Sebastian an der Schläfe. »Ich weiß, daß Sie lieber etwas über die konkreten Fragen des Tagesgeschehens hören möchten. Aber unsere Klassenfahrt geht nun mal nach Rom und nicht nach Tschernobyl. Sebastian, können Sie uns etwas über die Gründung Roms erzählen?«
Sebastian erhob sich mit schmerzgequältem Gesicht, so als habe gerade jemand die Welt auf seine Schultern abgeladen. »Das waren doch diese zwei Zwillinge...«
Alles lachte.
»Und wie hießen sie?« fragte Sieber.
Irgend jemand flüsterte ihm etwas zu, und Sebastian sagte: »Castor und Pollux.«
»Da hätten Sie genauso die Kessler-Zwillinge nennen können«, sagte Sieber. »Noch nie was von Romulus und Remus, den Gründern Roms gehört? Sie wurden als Kinder des Gottes Mars am Fuße des Palatinischen Hügels ausgesetzt und von einer Wölfin großgezogen. Romulus soll Remus im Streit erschlagen haben. Später wurde er dann der erste König Roms. Sie können sich wieder setzen, Sebastian. Ich habe das Gefühl, Sie sind mit Ihren Gedanken irgendwo... Ich weiß nicht wo.«
»In der Spielhalle«, sagte eine Stimme aus den hinteren Reihen.

Blitzartig drehte Sebastian sich um. Es war Björn gewesen. Plötzlich war ihm schlecht. Er hörte Siebers Stimme noch von ganz weit über das Capitol erzählen, über die Götter und die Gänse, die es bewacht hatten. Aber seine Stimme wurde immer leiser. Das Aquarium in der Fensternische reflektierte das Licht, und er spürte, wie er unter seinem dünnen Hemd einen Schweißausbruch bekam. War es die verbrauchte Luft im Raum, oder was ließ ihn die Umrisse der Dinge nur noch schemenhaft erkennen? Alles war ganz klein, entfernte sich mit rasender Geschwindigkeit von ihm, und dann schwanden ihm die Sinne, und alles um ihn her wurde schwarz.

Was dann geschehen war, wußte er später nicht mehr. Seine Erinnerung setzte erst wieder ein, als er im Zimmer des Rektors auf einer Couch lag und die Schulsekretärin ihm bitteren schwarzen Kaffee einflößte.

»Was war los?« fragte er.

»Der Kreislauf. Das haben viele in deinem Alter«, sagte sie. Mit dem Kaffee kehrten seine Lebensgeister langsam zurück. Er richtete sich auf.

»Und wie geht es uns jetzt?« fragte sie und strich ihm durchs Haar. So hätte er immer hier bei ihr bleiben wollen.

»Danke, gut.«

»Du solltest nach Hause gehen und dich ins Bett legen«, sagte sie.

»Das geht nicht. Wir haben ein Fußballspiel.«

Sebastian stand auf. Seine Beine waren noch etwas unsicher. Aber die frische Luft auf dem Hof tat ihm gut. Er atmete tief durch, bis er sich besser fühlte.

6

Seit Wochen wurde über nichts so viel gesprochen wie über das große Spiel der 10b gegen die Mittelstufenauswahl der Pestalozzischule, einer Mannschaft, die überall als Schlägertruppe bekannt war. Durch das viele Gerede war die Spannung noch erhöht worden. Es hatte lange Auseinandersetzungen gegeben, wie die Mannschaftsaufstellung sein sollte. Nur einer war von Anfang an unumstritten: Sebastian sollte die gefährliche Sturmspitze sein, die die Verteidigung der »Gullies«, wie sie hießen, aufbrechen sollte.
Sebastian wußte, daß hohe Erwartungen auf ihm ruhten.
»Kannst du überhaupt spielen?« fragte Markus, als sie in den Umkleidekabinen noch einmal die Taktik durchsprachen.
»Er spielt, solange er kann«, befahl Scharneck. »Basti, du stehst nur am Sechzehn-Meter-Raum und wartest, daß der Ball zu dir kommt. Und paßt auf! Eure Gegner sind Rasenmäher.«
»Die sollen nur kommen«, sagte Chris Petzak, ihr Libero, mit müdem Grinsen.
»Also, ich verlaß' mich auf euch«, sagte Scharneck. Dann ging er nach oben.
Schon beim Anpfiff fühlte Sebastian sich sehr

nervös. Der Platz wirkte größer als sonst. Die Entfernungen schienen unendlich. Er schielte rüber, ob Saskia da war. Aber Markus schrie »Aufpassen!« und schlenzte ihm den Ball direkt vor die Füße. Er verstolperte ihn, und der Ball landete in den Abwehrreihen des Gegners.

Dann wurde das Spiel härter. Was die Gullies an Technik nicht hatten, versuchten sie durch schwere Fouls wettzumachen. Und Sebastian wartete vergeblich auf eine Vorlage.

Endlich kam er, ein langer angeschnittener Paß, der immer länger wurde, so daß der Typ, der ihn bewachen sollte, gar nicht mitbekam, wie Sebastian lossprintete. Achtzehn Meter vor dem Tor zog er voll ab. Der Torwart konnte den Schuß nur abklatschen. Sebastian bekam den Ball wieder vor die Füße und donnerte ihn in die linke untere Ecke.

Das Publikum johlte. Dosen flogen, und dann entdeckte er Saskia, die eine Fahne schwenkte. Sie hatte sie aus einem alten Laken genäht. BASTI BEINHART stand darauf. Das Gefühl, daß sie nur für ihn gekommen war, machte ihn glücklich.

Dann war Halbzeit. Während sie duschten, gab Scharneck noch einmal die letzten Instruktionen. Das fast kochend heiße Wasser schoß über Sebastians Kopf. Er wechselte so schnell von heiß auf kalt, daß sein Körper ganz gefühllos wurde.

Beim Abtrocknen trat Markus neben ihn. »Was war heute in Geschichte mit dir los?«
»Gar nichts«, sagte er.
Markus schlug ihm auf die Schulter. »Dein Tor eben war Spitze. Aber du mußt bei diesen Holzhackern noch mehr deine Technik bringen. Und laß dich nicht provozieren!«
Die anderen waren schon wieder draußen, als er sich hastig das Trikot überstreifte. Plötzlich stand Björn, dieses Käsekuchengesicht, vor ihm. Er wirkte steif mit einem völlig verklemmten Lächeln im Gesicht. Er hätte einem leid tun können, wenn nicht diese Geschichte mit der Kasse gewesen wäre.
»Was machst du denn hier?« fragte Sebastian und band seine Schuhe zu.
»Ich wollte mal kucken, was du so treibst.«
»Das siehst du doch. Ich spiele Fußball.« Sebastian schlüpfte in seine Hose.
Björn zupfte nervös an dem rötlichen Flaum über seiner Lippe. »Ich hab' dich gestern nachmittag beobachtet.«
Sebastian drehte sich um und sah ihn mit einem flachen Starren an. »Sag mal, bist du schwul? Was soll das, daß du mir hinterherspionierst?«
Scharneck rief jetzt von oben, daß alle heraufkommen sollten. Die zweite Halbzeit fing in einer Minute an.
»Keiner in der Klasse weiß, was wirklich mit dir los ist...«, sagte Björn lauernd.

»Und was ist mit mir los?«
»Du hast das Geld gar nicht mit nach Hause genommen. Ich hab' dich gesehen. Du hast es verspielt. Ich bin dir nämlich gefolgt...«
Dieses Schwein! Dieses miese Schwein, dachte Sebastian. Scharneck rief schon wieder von oben.
»Weißt du, daß du gar nichts weißt? Und daß mir deine Fresse echt auf den Keks geht? Du willst dich nur wichtig machen. Hau ab. Verschwinde!«
Björn blieb stehen, zerrte immer nervöser an diesen schrecklichen roten Haaren, die wie Unkraut aus seiner Lippe wuchsen. Sebastian hatte ihn nie gemocht. Jetzt haßte er ihn.
»Was willst du?« sagte er, und es wurde ihm speiübel beim Anblick dieser erbärmlichen Type.
»Wenn ich Sieber erzähle, daß du das Geld genommen hast, wird er nicht mehr so begeistert von dir sein.«
»Er wird es nicht merken. Morgen ist alles wieder in der Kasse«, sagte Sebastian.
»Das glaubst du doch selber nicht.«
»Wenn du ein Wort sagst...« Vielleicht war es sein eigenes Verhalten, vielleicht aber auch das dämliche Grinsen von Björn, das Sebastian so wütend machte. Das Bleichgesicht hatte ihn immer bewundert, hatte sogar mal versucht, mit ihm Freundschaft zu schließen. Sie waren mal zusam-

men in einer Disco gewesen, um ein paar Mädchen aufzureißen. Björn war total verklemmt gewesen. Aber sie hatten sich ganz gut verstanden. Jetzt fragte er sich allerdings, wie man mit so einem Verräter überhaupt was unternehmen konnte. Sebastian wollte ihn an den Schultern packen, aber Björn wich zurück.
»Wenn du mich anfaßt, schreie ich.«
»Dann schrei doch, du Muttersöhnchen!« Sebastian trieb ihn mit der Faust gegen die Wand. Björn wehrte sich nicht. Er sagte nur: »Ich sag' es. Ich sag' es allen. Echt...«
Erst war es nur ein Tätscheln. Dann schlug Sebastian härter zu. Björns Lächeln wich einem jämmerlichen Ausdruck. Plötzlich machte er ein paar hilflose Schritte nach vorn, so als müßte er sich übergeben. Dann sackten seine dünnen Beine weg. Er fiel ganz langsam wie in Zeitlupe genau auf das Waschbecken zu.
»Achtung!« schrie Sebastian. Aber es war zu spät. Björn stürzte mit dem Kopf genau auf die Kante des Beckens, rutschte seitlich weg und schlug auf den harten Steinboden. Er lag da wie tot.
»Idiot!« murmelte Sebastian. Von oben kamen hastige Schritte. Dann stand Scharneck da und sah erschrocken von einem zum anderen.
»Was macht ihr da? Was ist mit ihm?« Seine Stimme klang anklagend, als hätte er Sebastian bei einem schweren Vergehen ertappt.
»Er hat angefangen«, sagte Sebastian.

Scharneck hob Björn auf und schüttelte ihn. Es dauerte einen Moment, bis er zu sich kam. Er war noch weißer als sonst und rang nach Luft. Es sah nicht so aus, als ob er Theater spielte. Dann fing er zu wimmern an wie ein Hund. Das Blut floß ihm dick aus der Nase, und er verschmierte es mit der Hand im Gesicht, so daß er noch dämlicher aussah als sonst. Sebastian fühlte keinerlei Mitleid. Er hatte nur Angst, daß dieser Schleimer seinen Mund aufmachen würde, um alles zu erzählen, was er wußte.
»Du mußt jetzt rauf«, sagte Scharneck. »Alle warten auf dich.«
»Das wirst du bereuen«, hörte er Björn noch murmeln. Die Sonne war hinter den Wolken hervorgekommen, und er stand im ersten Moment wie blind auf dem Spielfeld. Gröhlend empfingen ihn die anderen.

Gleich nachdem der Schiedsrichter die zweite Hälfte angepfiffen hatte, rollte ihm der Ball vor die Füße. Er konnte ihn auch stoppen. Aber dann verheddterte er sich in der gegnerischen Abwehr.
Beim zweiten Angriff wurde er von seinem bulligen Bewacher richtig ausgetrickst. Er verlor auch die nächsten Zweikämpfe. Das Publikum buhte, und dann zog er die Notbremse und trat dem anderen die Beine weg. Der Bulle krümmte sich bühnenreif auf dem Rasen.
»Steh auf, du Flasche«, sagte Sebastian.

Mit verzerrtem Gesicht kam er hoch, tätschelte ihn an der Schulter und spuckte ihm ins Gesicht.
Sebastian schlug sofort zu. Dann waren die anderen schon da und rissen sie auseinander.
Das Spiel ging weiter, aber es lief an Sebastian vorbei. Er stand da, sah und hörte alles wie durch eine Nebelwand, aber seine Gedanken waren woanders. Jedesmal, wenn er losrannte, um eine Vorlage von Markus zu bekommen, war es wie in einem Traum, wenn man versuchte wegzulaufen und nicht von der Stelle kam.
Einmal erkannte er Björn am Spielfeldrand. Er hatte ein Pflaster an der Schläfe und sah im Gesicht wie der Kreidefelsen von Helgoland aus. Sebastian hätte gern gewußt, was er Scharneck erzählt hatte. Aber das Spiel ging weiter, auch wenn er nur noch ein Statist war.
»Was ist mit dir? Pennst du?« schrie Markus. Sebastian sah die Flanke hoch hereinkommen, wollte sie stoppen, aber sein Gegner war wieder mal einen Schritt schneller. Der Gegenangriff brachte das erste Tor für die »Gullies«, und ein Pfeifkonzert begleitete seine weiteren Aktionen. Saskia hatte längst ihre Fahne eingerollt und war verschwunden. Dann fiel auch noch das zweite Gegentor.
Sie hatten verloren.
Als sie nach dem Abpfiff zu den Duschen gingen, sprach Scharneck kein Wort mit ihm. Eine Aus-

sprache hätte auch nichts genützt. Er selber wußte ja nicht einmal genau, was mit ihm los war. Er hatte die ganze Zeit das Gefühl gehabt, neben sich zu stehen. Jemand war auf dem Platz gewesen, mit dem er gar nichts zu tun hatte. Und dieser Jemand hatte verdammt schlecht gespielt.
»Irgendwas stimmt nicht mit dir«, sagte Markus unter der Dusche zu ihm.
Sebastian ließ das Wasser so glühend heiß über seine Schultern laufen, als wollte er sich damit bestrafen. »Na und?«
»Aus den Chancen hätte sogar meine kleine Schwester drei Tore gemacht.«
»Ach, laß mich doch in Ruhe!« Ohne ein weiteres Wort zog Sebastian sich an, packte seine Sachen und ging.
Sebastian stieg langsam in den dritten Stock hoch und schloß leise wie ein Dieb die Haustür zur Wohnung auf. Seine Mutter war da. Er hörte sie nicht, aber er fühlte, daß sie anwesend war, so wie man ein schlechtes Gewissen fühlt, das in einem schlägt. In seinem Zimmer war es stickig. Er schloß von innen ab und warf sich aufs Bett. Minutenlang starrte er nur so an die Decke. Die Gedanken kamen, als kröchen sie aus den Ritzen des Raumes unaufhaltsam auf ihn zu. Er allein hatte dieses Spiel verloren. Alle wußten es. Sie hatten ja gesehen, wie er sich von diesem Typen hatte austricksen lassen.

Wußten die anderen, was mit ihm los war? Nein. Nur einer konnte es wissen: Björn. Früher hatte er sich angebiedert, um sein Freund zu werden. Jetzt hatte er ihn in der Hand. Die Situation war ausweglos. Befreien konnte er sich nur, wenn er von hier verschwand. Ein Freund aus der Volksschulzeit reparierte in einer Garage alte Autos. Er würde sich eine Kiste leihen. Es war Juni. Er konnte nach Süden fahren. Jobs gab es überall.
Und Saskia?
Jedesmal, wenn er an sie dachte, spürte er tief innen einen verzweifelten Schmerz. Er ahnte, sie würde sehr schnell über eine Trennung hinwegkommen. Es gab genug Jungen, die hinter ihr her waren, Typen, die genügend Geld hatten, um ihr jeden Wunsch zu erfüllen, und die ihr die Liegesitze ihres Sportwagen zeigen würden, wenn es soweit war. Sie hatte ein behütetes, sorgloses Leben, und das gab man nicht einfach für einen wie ihn auf.
Vielleicht doch. Vielleicht war es die große Liebe. Er wußte über ihre Gefühle so gut wie nichts. Und wenn er es gewußt hätte, wer konnte sich irgendwelcher Gefühle von Frauen sicher sein?
Seine Mutter hatte an die Tür geklopft. Er tat so, als hörte er sie nicht, und stülpte sich hastig die Kopfhörer über. Aber selbst die Musik brachte ihn nicht vom Nachdenken ab. Es war merkwürdig. Er fühlte nichts. Keine Lust auf irgendwas. Nur das Kribbeln war wieder da, ein Kribbeln, das

man gar nicht beschreiben konnte und das den ganzen Körper erfaßte. Es war eine Art innerer Unruhe, die einen langsam auszehrte. Er lag da und wartete, daß alles vorbei sein würde. Aber es ging nicht vorbei.
Später hörte er, wie seine Mutter nebenan telefonierte. Er stellte die Musik leiser und konnte einige Wortfetzen verstehen. Sein Name kam vor. Auch konnte er ihre Stimmlage hören. Es war etwas Atemloses in ihren Worten, das er selten gehört hatte. Und plötzlich wußte er: Sie sprach mit Saskia.
Sehr viel später klopfte es wieder an seine Tür.
»Ich will meine Ruhe«, sagte er und wollte sich gerade wieder den Kopfhörer über die Ohren ziehen, als er Saskias Stimme hörte.
»Bitte, mach auf!«
Er schoß senkrecht hoch und öffnete. Selten hatte er sich so über den Anblick eines Menschen gefreut. Aber er ließ sich nichts anmerken. Sie trug enge geblümte Leggings, einen flauschigen Pullover und sah einfach toll aus. Sie küßte ihn, und er bekam eine richtige Gänsehaut vor Glück. »Komm rein! Es ist furchtbar unordentlich hier. Aber ich konnte ja nicht wissen...«
»Daß du so leben kannst«, sagte sie und sah sich neugierig um.
»Der Kampf gegen das Chaos. Ich hab' ihn wohl verloren...«

»Das Fußballspiel auch«, sagte sie.
»Ich bin ein Verlierer. Auf der ganzen Linie.«
»Warum sagst du das?« Sie sah auf die Stofftiere, die sonst auf dem Bett saßen und die er achtlos im Zimmer verstreut hatte. Ihr Eichhörnchen war dabei. Sie nahm es und drückte es an sich. Er wäre gern an seiner Stelle gewesen.
»Bei dir frieren sogar die Tiere«, sagte sie. »Ich komme, um zu fragen, was eigentlich mit dir los ist.« Sie hatte sich zu ihm hingedreht und machte ein Gesicht, das er von seiner Mutter kannte. Besorgt.
»Ihr seid alle gleich«, sagte er.
»Wer ihr?«
»Meine Mutter..., du... Eben alle...«
»Nur du bist anders. Origineller, lockerer. Ausgerechnet du. Merkst du eigentlich, daß du die anderen vor den Kopf stößt? Dein Freund Markus sagt auch, mit dir stimmt was nicht.« Sie wollte ihn anfassen.
Aber er schob sie weg. »Ich bin einer von elf. Und wenn ich ausfalle, fragen alle gleich, was mit mir los ist. Was ist mit den anderen zehn?«
»Weißt du, was dir fehlt?« fragte sie.
»Meine Mutter sagt, ich esse zu wenig.«
»Und ich sage dir, da ist nichts mehr von dem, was alle mal gut an dir fanden.«
»Danke! Und was fandst du gut an mir? Daß ich damals im Ferienlager in dein Zelt gekommen bin? Ich bin den anderen nur zuvorgekommen.

Dir wäre es doch egal gewesen.« Er hatte sie gepackt und versuchte sie zu küssen.
Saskia wehrte sich. Ihr Gesicht war abweisend, und er ließ sie los.
»Ich gehe besser...«, sagte sie leise.
»Bitte bleib! Es tut mir leid.«
»Dir tut was leid. Was tut dir leid?« fragte sie und funkelte ihn an.
»Wollen wir abhauen, irgendwohin? Ich kenne einen mit 'ner Garage. Der würde mir ein Auto geben. Echt. Wir können auf Campingplätzen übernachten und nach dem Süden fahren.«
»Und meine Eltern... die Schule?« Sie hatte sich auf sein Bett gesetzt und starrte ihn aus ihren schwarz umrandeten Augen fassungslos an.
»Was ist schon Schule, Abi, Maloche? Dieser ganze Mist. Sag mir bitte, wozu das gut sein soll. Nur weil unsere Eltern das gemacht haben? Sind deine Eltern vielleicht glücklich?«
»Du bist verrückt! Du bist völlig verrückt!« Sie sah ihn an, streichelte aber das Eichhörnchen. Warum nicht ihn? Er ließ sich neben sie fallen, lag auf dem Bauch und betrachtete ihre Beine, die sie übereinandergeschlagen hatte und die sich rhythmisch auf und ab bewegten. Sie waren schlank und wunderschön. Er dachte an die Nacht mit ihr unter dem Sternenhimmel von Sylt. Sie war von einer Weichheit und Zärtlichkeit gewesen, wie er sie nie zuvor erlebt hatte. Er stellte sich vor, immer mit Saskia zusammenzu-

sein, einfach nur bei ihr zu sein, sie anzusehen und sich mit ihr zu verstehen. Das war das Leben. Und nicht Schule und Abi. Doch was das betraf, schienen zwischen ihnen Welten zu liegen.
»Auf einer Insel im Pazifik gibt es Eichhörnchen, die gibt es sonst nirgends auf der ganzen Welt«, sagte er.
»Und?«
»Wir könnten leben wie sie. Ganz für uns in einer Baumhöhle«, sagte er, und sie zog ihr Bein zurück, als er es berühren wollte.
»Jetzt spinnst du wieder. Warum sollen wir nicht hier leben, wo alle leben? Meine Eltern und deine Eltern?«
Er drehte sich auf den Rücken und starrte an die Zimmerdecke. »Weil du spießig bist wie alle anderen und weil ich in der Klemme stecke. Verdammt noch mal, in einer verdammten, elenden Klemme, und weil ich deshalb keine Lust mehr habe, hierzubleiben.«
Jetzt war es heraus. Auch wenn er gedacht hatte, die Decke müsse auf ihn stürzen, es geschah nichts. Saskia beugte sich über ihn, und er spürte ihr Haar, das in sein Gesicht fiel. Es duftete nach einem Parfüm, irgendwas Teures von Versace oder Armani. Sie mußte es neu haben. Er kannte es noch nicht. Aber es war nicht unangenehm.
Sie ließ sich widerstandslos zu ihm herabziehen. Ihre Lippen waren wie kleine kühle Kissen, die sich auf ihn legten, die seinen Mund zudeckten.

Dann seine Augen. Es war ein wunderschönes Gefühl.

»Hat es was mit Geld zu tun?« fragte sie, indem sie ihn losließ.

»Du wirst Krämpfe kriegen, wenn ich es dir sage«, flüsterte er.

»Dann kriege ich eben Krämpfe.« Unter ihrer hohen gewölbten Stirn, die über ihm stand, sahen ihn fremde dunkle Augen an. Sie hatten nichts gemein mit der Saskia, die heute am Spielfeldrand gestanden hatte, um ihn anzufeuern. Aber Frauen veränderten sich von Minute zu Minute. Das mußte man einkalkulieren. Das war eben ihr Wesen.

»Das Geld für die Jacke. Mir ist da was Dämliches passiert.«

»Das habe ich geahnt.« Sie hatte ihn weggeschoben und musterte ihn aus der Distanz.

»Was hast du geahnt? Du kannst gar nichts ahnen. Ich wollte nicht, daß du mir Geld leihst. Ich wollte es selber verdienen. Ich... ich habe gespielt. In der Kneipe, in der du warst. Ich habe...«

»Ist alles weg?« fragte sie.

»Ja. Es tut mir wirklich verdammt leid.«

Die Sonne schien schräg ins Zimmer, und irgendwo in der Ferne war das Summen der Schnellstraße zu hören. Es schwoll mit dem Wind an und wieder ab.

»Sonderbar. Ich hab' mir so was gedacht...«

»Du konntest es doch gar nicht wissen«, sagte Sebastian. »Wieso hast du dir so was gedacht?«
»Weil ich das fühle. Hier!« Sie zeigte auf ihr Herz.
Plötzlich tat Sebastian etwas, was er nicht in der Hand hatte. Er weinte. Es kam einfach, und er konnte nichts dagegen tun. Vielleicht war es der Gedanke, daß sie das Schlimmste immer noch nicht wußte, daß er noch viel tiefer in allem drinsteckte, als er es in diesem Moment zugegeben hatte. Sie nahm seine Hand und führte sie unter ihren Pullover. Da, wo das Herz schlug. Sie hatte nur ein dünnes Hemd darunter an, und unter dem Hemd fühlte er ihre Haut, ihren Herzschlag. Sie zitterte, und der Gedanke, daß sie für ihn zitterte, erregte ihn.
Dann lagen sie sich in den Armen. Sie trocknete seine Tränen mit ihrem Haar, und es war so, wie er es sich vorstellte, wenn er an sie dachte. Vielleicht noch schöner. Es gab keine Sterne, und es roch nicht nach Meer wie damals in Sylt. Aber sie war da, und es gab keinen anderen Gedanken mehr, der ihn hätte bedrängen können. Seine Arme hielten sie fest, und es war, als hörte er auf zu existieren.
Er hatte durch die geschlossenen Augen hindurch gemerkt, daß sie ihn schon seit einer Weile betrachtete. Dann schlug er die Augen auf. Er hätte jede Minute jedes Tages damit verbringen können, sie einfach nur anzusehen, den Bogen ihrer

Brauen, das schmale Kinn, die Bewegung ihrer Lippen und ihre Augen.

»Jetzt weißt du alles«, sagte er.

»War das so schlimm, mir das zu sagen?«

Wie lange sie ihn küßte, wußte er nicht. Erst als seine Mutter an die Tür klopfte, wurden sie aufgeschreckt, und Saskia griff nach ihrem Pullover.

»Ich hab' euch beiden Kaffee gemacht«, rief seine Mutter, und in diesem Augenblick hätte er sie auf den Mond schießen können. Aber er sagte: »Sofort.«

»Was willst du jetzt machen?« fragte Saskia und streifte ihren Pullover über.

»Ich hab' dich lieb. Und du?«

Ihr Kopf steckte mitten im Pullover. Aber er glaubte ein Nicken bemerkt zu haben.

»Ich arbeite heute nacht in der ›Turbine‹. In drei bis vier Tagen kann ich das Geld zusammenhaben.«

»Du arbeitest nicht in der ›Turbine‹.« Ihr Kopf tauchte aus dem Pullover, und sie schüttelte ihr Haar. Ihre Pupillen verengten sich zu scharfen Pfeilspitzen, als sie ihn ansah.

»Und warum nicht?« fragte er.

»Hast du Markus gesehen? Der kriegt Pickel von der beschissenen Luft da. Der sieht schon richtig alt aus. Außerdem bringst du dann in der Schule gar nichts mehr. Du kannst dich am nächsten Morgen nicht konzentrieren.«

»Und wie soll ich zu der Kohle kommen?«
»Ganz einfach. Ich verkaufe meine Gitarre. Morgen früh kriegst du das Geld. Du kannst es mir irgendwann zurückgeben.«
»Und deine Eltern? Ich meine, was sagen die dazu?«
»Das ist mein Problem.«
Sie küßte ihn, und die Angst vor morgen war wie weggewischt. Seine Mutter hatte den Geburtstagskuchen wieder hervorgeholt. Der Himmel wußte, wie sie solche Sachen so lange frisch hielt. Jedenfalls sah er noch gut aus. Saskia schenkte sich Kaffee ein. Seine Mutter schien schon sehr vertraut mit ihr.
»Ich bin immer wieder froh, daß mein Sohn Sie hat«, sagte sie.
»Meine Mutter hält mich nämlich für einen Zombie, der nachts bei fremden Leuten einsteigt.« Sebastian schnitt eine fürchterliche Grimasse und stand vom Tisch auf, bevor seine Mutter die Chance hatte, seine ganze Jugend zu erzählen. »Bis später, Mama.«
Sie verabschiedeten sich.
»Und passen Sie auf, daß er nicht soviel trinkt«, sagte seine Mutter. Aber sie rannten schon die Stufen runter. Er war schneller als Saskia. Auf der Straße umarmten sie sich. Wenn er mit ihr zusammen war, schien alles ganz leicht zu sein.

7

In der ersten Stunde kam Markus mit den Metamorphosen von Ovid dran. Er erhob sich müde wie ein Greis, und alles sah nach einer Katastrophe aus. Doch Sebastian schob ihm kleine Zettel mit der Übersetzung ins Buch.
Stockend las Markus: »...umschlang sie mit zerrauften Haaren und füllte den Kelch ihres geliebten Körpers mit Tränen...«
Sieber bekam immer schmalere Lippen. Dann plötzlich schlug er laut seinen Text zusammen. »Schluß jetzt. Mir kommen auch die Tränen. Ich sollte euch beiden zusammen eine Zwölf geben. Wo ist eigentlich Ihr Gefühl für Poesie, Markus?«
»In der Disco«, kam eine halblaute Stimme von hinten.
Die zweite Hälfte der Stunde wurde wieder über Rom und seine Kunstschätze gesprochen. Sebastian blickte aus dem Fenster zur Schnellstraße, wo die Autos sich im Flimmern des Sonnenlichts auflösten.
Statt mit der Klasse nach Rom wäre er viel lieber mit Saskia nach Sylt gefahren. Oder auf irgendeine andere Insel, wo es niemanden gab außer ihnen beiden. Wo die Brandung des Meeres wie

Blütenschaum war und sie nebeneinander im Sand liegen würden.
Sein Traum endete plötzlich. Karsten Melzer meldete sich: »Ich hab' Geld von meinem Vater für unsere Reisekasse bekommen...« Er wirkte etwas verlegen und hielt die ganze Zeit einen Scheck in der Hand. Sein Alter war irgend so ein Büchsenmilch-Generaldirektor und stank vor Geld.
»Sehr nobel von deinem Vater«, sagte Sieber. »Wir bedanken uns bei ihm sehr herzlich. Wer verwaltet die Kasse?«
Sebastian glaubte einen Moment, sein Herz müsse stehenbleiben. Doch es schlug weiter. Alle Blicke waren auf ihn gerichtet. Gleich würde es die ganze Klasse wissen, daß er ein Dieb war. Wenn es einen Ausweg gegeben hätte, er fiel ihm nicht ein. Sein Denken war blockiert.
»Sebastian, warst du das nicht?« sagte Sieber.
Sebastian stand auf und ging nach vorn. Sieber überreichte ihm den Scheck.
»Lies mal vor, wieviel das ist.«
»Fünfhundert.« Sebastians Stimme war unhörbar leise. Dann schloß er den Schrank auf. Die Kassette stand da. Aber nur zwei in diesem Raum wußten, daß sie leer war. Eben noch hatte er von Saskia und einer gemeinsamen Insel geträumt, und jetzt war sein Leben zu Ende.
»Und was werden wir mit dem Geld machen?« hörte er Sieber sagen.

»Wir lassen uns ein paar italienische Nutten kommen«, schlug Chris Petzak vor, und alles lachte.
»Und Sie glauben wirklich, Petzak, damit Ihre humanistischen Kenntnisse vertiefen zu können«, sagte Sieber.
Sebastian suchte verzweifelt in seiner Tasche nach dem Schlüssel.
»Was ist? Hat der Kassenwart Probleme?« fragte Sieber.
»Ich hab' ihn vergessen. Ich meine, ich wußte ja nicht...«
»Hauptsache, Sie haben Ihren Kopf nicht vergessen.«
Das Klingeln zur Pause kam wie eine Erlösung. Als alle längst draußen waren, hielt Sebastian noch immer den Scheck in der Hand. Er wollte ihn zusammenfalten, als eine Stimme neben ihm sagte: »Da hast du noch mal Glück gehabt.«
Er erschrak bis in die Knochen. Es war Björn. Seine Augen schwammen unsicher hinter der Brille, und die Art, wie er ihn ansah, war alles andere als freundschaftlich.
»Geh doch hin und erzähl alles. Das Geld ist längst wieder in der Kasse.«
»Dann mach sie auf!« sagte Björn.
»Ich sag' doch, ich hab' den Schlüssel zu Hause. Bist du geil auf das Geld? Was würdest du damit machen?« Er hielt ihm den Scheck unter die

Nase. »Dir 'ne Zahnspange kaufen, damit dich endlich mal ein Mädchen küßt...«
Björns Mund schnappte nach Luft, und er zitterte vor Wut. Sebastian hätte ihn in alles einweihen und ihm ewige Freundschaft anbieten können. Aber dann wäre er ihn nie wieder losgeworden. Und außerdem war er zu stolz.

Im Wäldchen hinter dem Sportplatz wartete Saskia. Sie hatte ihre Gitarre zu einem Musikgeschäft am Rathausmarkt gebracht und dreihundert Mark bekommen.
»Für eine nagelneue Gitarre?« sagte er.
»Du bist gut. Verkauf sie doch selber«, sagte sie.
»Entschuldige, aber ich denke, es war eine echte spanische. Weißt du, was die im Laden kosten?«
»Und du bist ein echter Idiot. Weißt du, was du mich kannst!« Sie warf ihm das Geld hin, wandte sich wortlos von ihm ab und ging.
Ihre Schritte entfernten sich auf dem steinigen Waldweg. Er nahm die Scheine und strich sie glatt. Seine Bemerkung war völlig unnötig gewesen. Sie hatte einiges für ihn riskiert, zum Beispiel einen Krach mit ihren Eltern. Und ihm fiel nichts anderes ein, als sie anzumachen. Er bereute jedes Wort. Aber es war zu spät. Es hatte geklingelt. Ein paar joggende Schüler aus der Parallelklasse kamen keuchend aus dem Wäldchen

und trieben den kalten Atem in Wolken vor sich her. Er trat nach einem Stein, der den letzten von ihnen nur knapp verfehlte.
Als er am Lehrerzimmer vorbeikam, hörte er von drinnen Stimmen. Irgend etwas daran ließ ihn stehenbleiben und aufhorchen. Die eine war Siebers Stimme. Die andere kannte er auch. Er wollte gerade noch näher an die Tür herangehen, als sie geöffnet wurde und Björn dastand. Diesmal erschraken sie beide. Keiner bekam ein Wort heraus. Bis Sebastian murmelte: »Und was hast du jetzt davon?«
Björn sagte nichts. Er wich seinem Blick aus. Seine wimpernlosen Augen waren auf einen imaginären Punkt am Ende des Flurs gerichtet.
»Glaubst du, daß die anderen das gut finden?«
»Glaubst du, daß sie es gut finden, wenn jemand sie beklaut?« sagte Björn. »Ich mußte es sagen.«
Dann ging er mit eingezogenem Kopf an ihm vorbei.
Sebastian dachte darüber nach, ob er diesen Björn haßte. Was für ein Gefühl empfand er? Er merkte, daß ihm diese gekrümmte Gestalt, die da davonschlich, einfach nur leid tat. Er blieb noch einen Moment stehen. Da ging die Tür zum Lehrerzimmer wieder auf.
Es war Sieber. Er hatte es eilig, und sie prallten fast zusammen. »Sebastian!« sagte er erstaunt. »Was machst du hier?« Eine Ader schwoll auf seiner Stirn, und sekundenlang wirkte der sonst so

selbstsichere Lehrer verstört, betroffen, beinahe unsicher. »Wolltest du mir was sagen?«
»Nein. Wieso?«
»Wir sehen uns morgen früh.«
Als Sebastian wieder allein war, die gedämpften Stimmen aus den Klassenzimmern hörte, wußte er mit einemmal, was er tun mußte. Wenn er Saskias Geld morgen früh vor dem Unterricht in die Kasse zurücklegte, würde ihm niemand beweisen können, daß jemals etwas gefehlt hatte. Björn würde sich bei Sieber bis auf die Knochen blamieren. Er selber aber war aus allem raus.
Und die Lederjacke?
Auch da hatte er eine Idee. Während die anderen im Matheunterricht über dem Geheimnis imaginärer Zahlen brüteten, nahm er die Mappe, murmelte etwas von einem Besuch beim Orthopäden und ging.
Niemand widersprach. Niemand hielt ihn auf.

Zweimal in der Woche war vormittags eine andere Verkäuferin in der Boutique. Er sah sie durch die Scheibe. Sie war ziemlich sexy und sah aus wie die Hauptdarstellerin in Dirty Dancing. Sebastian erinnerte sich nicht mehr, wie die Schauspielerin geheißen hatte. Aber das Mädchen im Laden war fast ein Abklatsch von ihr.
Er hatte sie jetzt schon zehn Minuten beobachtet. Da sie nichts zu tun hatte, zog sie immer wieder andere Klamotten aus der Boutique an und be-

trachtete sich damit im Spiegel. Sie war ziemlich ungeniert, und es sah aus, als hätte sie eine Liebesaffäre mit sich selber. Sie schob ihren Rock hoch und probierte verschiedene Posen aus.
Es war Viertel vor elf, nicht unbedingt eine Zeit, um Klamotten zu kaufen. Aber dann kam doch eine Kundin, sah sich im Schaufenster um und ging kurzentschlossen in den Laden.
Sofort wandte sich die Verkäuferin der Kundin zu. Sie gingen zu den Regalen und sprachen miteinander.
Jetzt war der Moment gekommen. Sebastian betrat den Laden und sagte: »Guten Tag!«
Die Verkäuferin drehte sich nach ihm um, schenkte ihm ein Lächeln und beschäftigte sich sofort wieder mit der Kundin. Beide wühlten jetzt in den Pullovern herum. Es dauerte nur kurze Zeit, dann hatte die Frau einen Rollkragenpulli gefunden und verschwand damit in der Kabine.
»Kann ich Ihnen helfen?« fragte die Verkäuferin Sebastian.
»Danke. Ich seh' mich nur mal um...«
Sie lächelte, und er schlenderte mit einem nicht allzu interessierten Blick zwischen den Kleiderständern hindurch. Die Kundin war wieder aus der Kabine gekommen, und die Verkäuferin empfing sie mit den Worten: »Steht Ihnen aber ganz toll!«
Beide sprachen über den Pullover, und das war der Augenblick, auf den Sebastian gewartet hatte. Er

riß die Lederjacke vom Bügel, machte seine Schultasche auf und quetschte sie hinein. Es ging alles so schnell, daß niemand etwas bemerken konnte. Außerdem behinderten die Kleiderständer jede Sicht. Von weitem hörte er die Verkäuferin sagen: »...also bei Ihrer Figur gibt es da gar keine Probleme...«
»Finden Sie?« sagte die Kundin geschmeichelt und ging auf ihren hohen Absätzen vor dem Spiegel auf und ab, als wäre sie Cruella, die schöne grausame Königin aus »Cinderella«, die über Schädelhaufen geht.
Sebastian hatte alles genau beobachtet und den günstigsten Augenblick abgepaßt. »Nichts dabei. Ich komm' ein andermal wieder«, sagte er, preßte seine Schultasche gegen den Körper und verließ den Laden.
Auf der Straße ging er ganz gemächlich ein paar Schritte. Erst dann fing er an zu laufen und rannte, bis er keine Luft mehr bekam. Bis seine Lungen ausgepumpt waren und das Herz bis unter die Schädeldecke schlug. An eine Hauswand gelehnt blieb er stehen. Eine Uhr gegenüber zeigte zehn nach elf. Er hatte eine Viertelstunde gebraucht, um eine Lederjacke für fast sechshundert Mark zu stehlen. Das war ein guter Stundenlohn. Auch wenn ihm ein wenig mulmig war. Er hatte es geschafft. Er konnte Saskia und seine Mutter beruhigen.
Ein paar Straßen weiter tauchte er in eine

U-Bahn-Station, ging auf die Toilette und holte die Jacke aus der Tasche. Es war nicht das Modell seines Lebens. Aber es war ein sehr edles Stück. Beste Qualität. Er zog sie an und betrachtete sich im Spiegel. Sie paßte wie angegossen. Morgen in der Schule würden viele sich wundern, daß er eine so teure Jacke trug. Sicher würden einige glauben, er habe das Geld dafür aus der Klassenkasse genommen. Dann würde er nach vorn gehen, die Kassette aus dem Schrank holen, und alle würden sehen können, daß nichts fehlte. Nicht eine Mark.
Er zog die Jacke wieder aus und entfernte das Etikett mit dem Preis. Er betrat eine der Kabinen, warf den Stoffetzen in die Toilette und betätigte die Spülung. Es gab keine Zeugen mehr. Oder doch?
Die Verkäuferin in der Boutique. Sie hatte ihn gesehen und würde ihn sicher wiedererkennen. Allerdings war es sehr unwahrscheinlich, daß sie sich ein zweitesmal begegnen würden.

8

Sebastian betrat die Wohnung. Obwohl niemand im Wohnzimmer war, lief der Fernseher. Typisch seine Mutter. »Ich wußte nicht, daß eine Uhr in diesem Raum ist«, sagte eine Männerstimme auf dem Bildschirm. Leise Musik war zu hören, und die Stimme einer Frau antwortete ihm: »In jedem Zimmer, in dem Menschen wohnen, ist eine Uhr.«
Sebastian wollte den Fernseher ausmachen. Aber etwas hielt ihn zurück. Der Mann auf der Mattscheibe sah aus wie Paul Newman. Er stand neben einer Frau im Pelz, die ihre Koffer gepackt hatte, als wollte sie ihn für immer verlassen.
»Sie ist leiser als unser Herzschlag«, sagte er. »Und doch wie tödlich wirkendes Dynamit... Wer kann sie je einholen, je überlisten... die Zeit...«
Sebastian dachte an seine Mutter, die viel allein war, die Probleme mit dem Älterwerden hatte und für die jede Nacht, in der sie auf ihn wartete, so etwas wie tödliches Dynamit sein mußte. Aber konnte er etwas daran ändern? Wollte er es überhaupt?
Er fand sie in der Küche. Sie lächelte mühsam, und kleine Fältchen tauchten in ihren Augenwin-

keln auf, als sie sagte: »Schön, daß du heute pünktlich bist.«
»Wie findest du sie?« sagte er.
»Wen?«
»Die Lederjacke...«
Sie warf ihm einen flüchtigen Blick zu. »Irgendwie hab' ich sie mir anders vorgestellt.«
»Gefällt sie dir nicht?«
»Doch. Natürlich...« Sie kniete nieder und packte etwas in den Kühlschrank. Dabei wirkte sie so zerbrechlich und schmal, daß ihn ein Gefühl unendlicher Zuneigung überkam. Es war, als müßte sie vor allem auf dieser Welt beschützt werden. Aber das konnte er nicht.
»Du siehst ein bißchen aus wie dieser...«
»Wie wer?« fragte er.
»Wie dieser Schauspieler von früher. Wie hieß er noch?«
Sie war wieder aufgestanden. Ihr Mund war ganz schmal geworden, und er fühlte wieder die Entfernung zwischen ihnen. Sie hatte eine Zwiebel ausgepackt und hackte energisch darauf herum.
»Du meinst Marlon Brando. Die ist aus echtem Leder. Riech mal!«
»Im Augenblick riecht alles nach Zwiebeln«, sagte sie. »Ich freue mich, daß du sie hast. Wie findet deine Freundin Saskia sie?«
»Geil. Sag mal, was machst du da?«
»Ich koche.«
»Und für wen?«

»Das ist eine Überraschung.«
»Aber wer ist es?« bohrte er.
»Reicht es, wenn ich sage, ich möchte im Augenblick nicht darüber sprechen?«
»Du bist komisch. Du hast doch nicht schon wieder geweint?«
»Nein. Das sind die Zwiebeln.«
Ihre Augen waren gerötet. Sie stellte eine Pfanne auf den Herd und warf einen Kloß Margarine rein. Ohne sein Einverständnis würde sie es nicht gewagt haben, Saskia einzuladen. Andererseits war ihr manchmal alles zuzutrauen.
»Kann ich was helfen?«
»Du kannst schon decken.«
»Für wie viele?«
»Drei.« Sie gab ihm das englische Steingut, das noch von ihrer Großmutter aus Rosenheim stammte und das fast nie benutzt wurde. Er zögerte noch, ob er die Gabeln rechts oder links vom Teller hinlegen sollte, als es an der Haustür klingelte.
»Ich gehe«, rief seine Mutter. Man hörte an ihren Schritten, daß sie hohe Absätze trug. Dann öffnete sie. Sie sprach mit jemandem. Er verstand nichts, weil der Fernseher so laut war.
Der Mann auf dem Bildschirm sagte gerade. »Ich will nicht euer Mitleid, ich will euer Verständnis, nein, nicht einmal das. Ich will nur, daß ihr mich in euch selbst erkennt, und den Feind, die Zeit, in uns allen...«

Es hätte aus dem Deutschunterricht sein können. Der Film war zu Ende, und Sebastian schaltete ab.

»Darf ich vorstellen?« sagte seine Mutter in der Tür, und Sebastian sah seinen Vater. Wenn es eine Überraschung hatte sein sollen, war sie gelungen. Er trug einen dunklen Anzug und sah furchtbar offiziell aus. So als wäre er der Hausbesitzer oder ein Arbeitskollege seiner Mutter.

»Hallo Sebastian! Wie schön, daß wir uns sehen.« Der Vater hatte eine Flasche mitgebracht, und die Mutter öffnete etwas umständlich die Verpackung.

Es war Wodka.

»Mir fiel nichts anderes sein«, sagte er, und im Beisein seiner Mutter wirkte er ein bißchen gehemmt. Neulich abends war er ganz anders gewesen. Auch seine Mutter, die mit einer hühnerhaften Nervosität zwischen Küche und Wohnzimmer hin- und herlief, benahm sich völlig unnormal.

»Macht es euch doch gemütlich. Das Essen ist gleich fertig«, sagte sie und war wieder weg.

Sebastians Vater ging durchs Wohnzimmer und betrachtete die Einrichtung, als müßte er jedes Stück für eine Auktion schätzen. Der Duft von Zwiebeln kam aus der Küche. »Wie geht's denn so?« fragte er und war vor einem Bild stehengeblieben.

»Gut.«

»Ich meine in der Schule.« Er hatte sich zu ihm umgedreht, und Sebastian dachte, da steht wieder der fremde Mann, der früher manchmal da war.
»Wir fahren nächste Woche mit der Klasse nach Rom.«
»Schöne Stadt. Aber warum gerade Rom?«
»Weil da der ganze alte Kram rumsteht, von dem wir im Lateinunterricht reden«, sagte er.
Sein Vater nahm das Bild von der Wand und betrachtete die Rückseite. Was er da bloß suchte?
Seine Mutter kam herein. »Hast du ihm schon deine Lederjacke gezeigt? Ein Geschenk von mir. Sag deinem Vater ruhig, was sie gekostet hat.«
Sein Vater begutachtete die Jacke. Dann endlich kam die Vorspeise, Spaghetti mit Lachs. Wenn Gäste kamen, machte seine Mutter fast immer das gleiche, und sie fragte hinterher so oft, ob es gut geschmeckt habe, daß schließlich niemand mehr etwas sagen mochte.
Obwohl Sebastian ganz früher auf seinen Vater eifersüchtig gewesen war, hätte er es jetzt gern gesehen, wenn die beiden wieder gut miteinander ausgekommen wären.
Aber während des Essens sprach niemand. Dann plötzlich sagte sein Vater zu ihm: »Was willst du eigentlich mal werden?«
»Er studiert«, antwortete seine Mutter, bevor Sebastian nur den Mund aufmachen konnte.
»Hat er keine eigene Meinung?«
»Er soll es mal besser haben als sein Vater.«

»Danke«, sagte sein Vater. »Du bist noch genauso wie früher. Du urteilst über andere, weil du genau weißt, wie sie leben sollten. Nur für dich ist dir nie etwas eingefallen. Wo sind denn deine Leistungen?«

»Ich habe den Jungen großgezogen. Und dabei habe ich von dir keinen Pfennig gesehen. Oder hast du jemals was von deinem Vater bekommen, Sebastian?«

Er schwieg, und sein Vater wandte sich an ihn. »Deine Mutter wollte dich ja unbedingt. Es war eine Zwangsvorstellung. Sie war kaum davon abzubringen. Wir haben schon Ultraschallfotos gemacht, als noch gar kein Baby unterwegs war. Und als das Traumkind endlich im Bauch war, war ich abgemeldet. Sie hatte ja ihren kleinen Kavalier.«

»Das ist nicht wahr«, sagte seine Mutter.

»Genauso ist es gewesen.«

»Du hast den Jungen nie akzeptiert. Du hast schon damals nur ein Interesse gehabt. Jeder Groschen war für deine Automaten. Sie waren die einzige Liebe deines Lebens.« Sie hatte mit tränenerstickter Stimme gesprochen.

Sebastian schämte sich. »Könnt ihr mal über was anderes sprechen?«

»Auf wessen Seite stehst du eigentlich?« fragte seine Mutter. »Dein Vater war ein Niemand, und ich will, daß du nicht wie er wirst. Ich will, daß du Abi machst und studierst.«

»Und was deine Mutter will, das geschieht«, sagte sein Vater. »Dabei gibt es da draußen in der Welt tausend Jobs, die einen Mann glücklich machen.«
»Ja, Bademeister, Leichenwäscher, Holzfäller. Das wolltest du werden. Feine Berufe. Er wird nicht in deine Fußstapfen treten. Nicht, solange ich lebe.«
Sie hatte, wie immer, das letzte Wort gehabt.
Mit einemmal war es ganz still, und auch noch, als die Schnitzel und der Salat hereingebracht wurden, saßen sie sich stumm gegenüber. Sie schwiegen sich an, bis seine Mutter den Nachtisch holen ging.
Da sagte sein Vater: »Es tut mir leid. Aber so war es meistens. Du sagst ja gar nichts. Was willst du denn nun wirklich werden?«
»Nicht so wie ihr«, sagte er.
»Was meinst du damit?«
»Ich werde nie heiraten. Dann kann auch nie jemand unglücklich werden. Und ich werde nicht so wie die anderen werden, die morgens zur Arbeit gehen und abends vor dem Fernseher hocken. Ich werde etwas in dieser Welt bewegen...«
»Und was willst du bewegen?«
Seine Mutter kam jetzt mit dem Pudding herein. Sie hatte drei Lichter darauf angezündet, und es roch nach selbstgemachtem Karamel.
»Alles«, sagte er. »Und wenn ich nur die ganzen Spießer in die Luft sprenge.«

Seine Mutter, die nur die letzten Worte gehört hatte, ließ fast den Pudding fallen. Sebastian stand auf und ging in sein Zimmer.

Es war lange her, daß sein Vater das letztemal dagewesen war, und er erinnerte sich kaum noch an diese Zeit. Doch er hatte sich schon damals gewünscht, seine Eltern würden wieder zusammenfinden. Heute war dieser Wunsch endgültig zerstört worden.
Er hatte Musik aufgelegt und fühlte die dröhnenden Bässe in den Ohren. Schmerz tat ihm gut. Er tötete die Enttäuschungen. Dann wurde es nebenan lauter. Seine Eltern schrien sich wieder an. Türen schlugen. Später wurde es wieder still. Sebastian trat auf den Flur. Da traf er seine Mutter. Sie weinte nicht, obwohl ihr Gesicht sehr rot war. Im Wohnzimmer standen zwei Gläser und eine leere Flasche Wodka.
»Wo ist er?« fragte Sebastian.
»Er wird uns noch alle umbringen.« Als Sebastian die Jacke anzog, fragte seine Mutter: »Wohin gehst du?«
»Immerhin ist er mein Vater.« Er schlug die Haustür hinter sich zu und rannte die Treppe hinunter. Draußen war es sehr dunstig, und die Straße war wie ausgestorben. Sein Vater konnte nur in eine Richtung gegangen sein. Denn es gab nur die eine Kneipe in der Gegend. Schon nach einigen hundert Metern hatte er ihn eingeholt.

»Sie hat sich nicht verändert«, sagte sein Vater und ging hastig weiter. »Sie ist das Jüngste Gericht. Weißt du, was darüber in der Bibel steht? Sie richtet über Gerechte und Ungerechte. Daß du das aushältst.«
»Sie meint es nicht so.«
»Alle, die sich gegenseitig verletzen, meinen es nicht so. Warum, glaubst du, bin ich damals von ihr weg?«
Sie waren sehr schnell gegangen, und die Kneipe war nur noch wenige Schritte entfernt. Sebastian blieb stehen. »Dann mach's gut«, sagte er.
»Moment! Warte doch mal!«
Sebastian drehte sich um und murmelte: »Ich will nicht wieder da rein.«
»Und wohin sonst? Da sind meine Bekannten. Komm! Nach so einem Nachmittag braucht man ein Bier...«
Sein Vater hatte den Kragen seiner Jacke hochgezogen, als hätte er Angst, der Wind könnte ihn wegblasen. Jetzt hatte er seinen Arm um Sebastian gelegt und wirkte wie ein Junge seines Alters. Sebastian fühlte wie neulich diese eigenartige Übereinstimmung zwischen ihnen. Er war stolz, daß dieser Mann sein Vater war.
»O. k. Aber nur kurz. Ich hab' morgen Schule.«
Um diese Zeit stand die Kneipe so voller Rauch, daß die Gestalten an der Theke wie Geister aus blauem Dunst wirkten. Es waren Männer ohne Konturen und ohne Gesichter, deren Gespräche

sich überlagerten, so daß man schreien mußte, um sein eigenes Wort zu verstehen. Sein Vater wurde heftig begrüßt und drängte sich zwischen die anderen an die Theke.
»Was trinkst du?« schrie er ihm zu.
»Bier«, sagte er, obwohl ihm nicht danach war. Er wollte seinen Vater nicht enttäuschen. Er war eingekeilt zwischen den anderen. Sein Vater stellte ihn allen vor. Dann kam sein Bier.
Neben ihm sagte ein Typ mit ausgezehrtem Gesicht und rauher Stimme: »Wenn Sylvia, diese Sau, mich nicht ausgenommen hätte, könnte ich jetzt in einer Hängematte auf Mallorca sein...«
Sein Vater lachte, und der Mann fuhr fort: »Ich lass' mir von keiner Alten mehr den Stuhl vor die Tür setzen. Von keiner, verstehst du...?«
Sein Vater nickte.
Jetzt sprachen sie von seiner Mutter. Sebastian fand die Art des Mannes, über Frauen zu reden, widerlich. Er fühlte, wie sein ganzer Körper steif wurde und sich wehrte. Gegen die stickige Luft, die Enge und die Gespräche der Männer, die sich ihrer Heldentaten bei Frauen brüsteten. Er glaubte, keine Luft mehr zu kriegen, und versuchte von der Theke wegzukommen.
»Was ist mit dir?« fragte sein Vater.
»Ich gehe...«
»Sag erst mal prost!«
Sie stießen an. Hinter ihnen gröhlte jemand: »Dein Junior hat auch schon einen guten Zug am

Leib. Hier Junge, hol uns mal ein paar Sonderspiele!«

Sebastian hielt ein Fünfmarkstück in der Hand. Der Mann konnte gar nicht wissen, daß Sebastian schon die ganze Zeit über auf die Lockrufe des Automaten gehört hatte. Der Mann konnte auch nicht wissen, daß da noch eine ganz persönliche Rechnung zwischen Sebastian und dem Automaten ausstand. Der Automat war ihm noch etwas schuldig. Das wußte niemand von den Leuten hier. Er mußte spielen. Sebastian spürte es an der sonderbaren Erregung, die jede Melodie des Automaten in ihm auslöste. Heute fühlte er sich gut. Heute war sein Tag, und er konnte ihn packen. Eine unheimliche Euphorie war da, die ihn beflügelte. Noch vor ein paar Minuten hatte er nichts davon geahnt.

»Was ist?« sagte sein Vater. »Traust du dich nicht?«

»Ich weiß nicht...« Sein Zögern war völlig idiotisch. Alles war längst entschieden. Irgendwie hatte er gar keinen Einfluß mehr darauf. Es waren nur ein paar Schritte auf die andere Seite des Raums. Der Automat wartete schon.

»Brauchst du Hilfestellung? Die Kiste ist randvoll«, sagte sein Vater.

»So voll wie du«, höhnte sein Nachbar und schlug ihm auf die Schulter. »Laß deinen Junior ran, sonst verlierst du wieder Haus und Hof.«

»Ich lass' ihn ja schon...« Sein Vater hatte sich

von einer auf die andere Minute verändert. Nicht nur, daß seine Augen müde wirkten und sein Gesicht vom Alkohol gezeichnet war. Er hatte an Selbstachtung verloren, und die Art, wie dieser Mann ihn von oben herab behandelte, tat Sebastian weh. Er nahm noch einen Schluck aus seinem Glas und ging rüber.
Keiner der Automaten war besetzt. Der rechte gab eine leise Melodie von sich. Es klang wie ein Kinderlied, das ihn an früher erinnerte, an seine Kindheit, von der er sonst so wenig wußte. Wenn er daran dachte, war seine Mutter eine Heilige, und alles war immer schön und harmonisch. Vermutlich hatte er das alles nur erfunden, weil er die schrecklichen Erinnerungen nicht hatte ertragen können, all die Kämpfe zwischen seinem Vater und seiner Mutter.
Er warf die Münze ein. Der Automat reagierte sofort, und Sebastian war schlagartig ganz ruhig und konzentriert. Die Stimmen der Männer versanken in einem Einerlei von fernen Geräuschen. Alles war weit weg. Seine Mutter, die Kindheit, das Morgen. Nur das Jetzt zählte, das Risiko, die Sonderspiele.
Seine Augen folgten den Lichtern, den rotierenden Walzen, den Äußerungen der Maschine, die seine Gefühle steuerte, den Schmerz, die Freude, die Wut.
Niemand verlangte etwas von ihm. Es war eine Reise weit weg. Weit weg von sich selber. Wie

fremde Planeten zogen die rotierenden Scheiben ihre Bahn, stiegen Lichtkaskaden hoch und sanken in sich zusammen. Risikospiel. Sonderspiele. Münzen prasselten in die Schale. Er spürte, es war sein Tag. Alles gelang ihm. Ganz überlegen bedienten seine Finger die Tasten. Der Quäkton, Auftakt zur großen Hymne, kam gleich ein paarmal hintereinander. Es war ein Konzert, unerträglich schön.
Noch einmal hundert Sonderspiele. Zum viertenmal schon. Sein Kontostand wuchs. Er nahm die Männer, die hinter ihm standen, erst wahr, als sein Vater sagte: »Hör auf! Es ist genug. Laß uns woanders hingehen.«
»Aber doch nicht jetzt. Es läuft gerade wie verrückt.«
Sein Vater zog ihn sanft zurück. »Glaub mir doch. Ich verstehe was davon. Wenn du eine Gewinnsträhne hast, die hält an. Das hier sind kleine Fische. Ich zeig' dir, wo man richtig spielt.«
Sie sammelten das Geld ein und gingen rüber zur Theke. Charly, der Wirt, brachte ihm seine Armbanduhr, und sein Vater gab von dem Geld eine Runde für alle aus. Den Rest wechselten sie in Scheine. Es waren sechshundert Mark. Alle beglückwünschten ihn. Es war ein wahnsinniges Gefühl.
»Soviel kannst du mit Maloche nie verdienen«, murmelte einer der Männer.

Auf der Straße winkte sein Vater ein Taxi herbei. Er war plötzlich wieder ziemlich nüchtern.
»Wohin fahren wir?« fragte Sebastian.
»Wart's doch ab!«
Es war längst dunkel, und die Scheinwerfer der entgegenkommenden Autos erhellten das Innere der Taxe. Zurückgesunken in seinen Sitz genoß er das Blinken, als wären es immer noch Sonderspiele. Er erlebte alles ganz intensiv, auch den Geruch der Felder, die sich zu beiden Seiten der Straße in die Nacht zogen. Schon von fern sah man die rot flackernde Neonzeile »Las Vegas«.
Sein Vater zahlte die Taxe. Dann standen sie vor einem Palast, dessen heruntergekommene Fassade selbst die Nacht nicht verschleiern konnte. Drinnen war es der reinste Nobelschuppen. Alles war aus Glas und Chrom, ein riesiger Spielsaal im amerikanischen Stil. Zuerst glaubte Sebastian, tausend Blicke auf sich gerichtet zu spüren. Doch als er hochsah, bemerkte er, daß die Leute alle nur mit sich selber beschäftigt waren. Das Blinken, Blubbern und Spucken der Automaten wirkte verwirrend. Es war wie ein riesiger Jahrmarkt. Nur daß niemand lachte oder sprach. Hier kämpfte jeder stumm und verbissen für sich.
»Du dreihundert Mark, ich dreihundert. Nachher kriegst du es wieder«, sagte sein Vater und teilte das Geld. »Ich gehe nach oben. Wir treffen uns dann später.«
Dann war Sebastian allein und dachte: eine

Szene wie aus einem Science-fiction-Film. Der Saal schien nach oben hin keine Begrenzung zu haben, und wie Sterne in diesem Himmel blinkten und leuchteten die Automaten.
Erst jetzt sah er die mit blauem Samt ausgeschlagene Treppe, die nach oben ins Dunkel führte. Auf ihr war sein Vater verschwunden.
Zutritt erst ab 21 Jahren, stand da.
Zweimal umkreiste er den ganzen Salon. Dann trat er an den Geldwechsler. Er würde nur ein bißchen herumspielen, um die Zeit totzuschlagen. Diesmal bediente er drei Automaten gleichzeitig. Das verstärkte das Gefühl, das er so herbeisehnte. Wieder war er ganz ruhig. Die Töne der Maschinen überschnitten sich. Jaulen links, wilde Triolen rechts. Er spielte auf den Tasten wie auf hundert Klavieren gleichzeitig, bekam Risikospiele und hämmerte mal kurz, mal lang.
Er hatte noch einmal fast vierzig Mark gewonnen. Aber sein Vater kam nicht. Es war schon spät. Er machte eine Runde im Salon und spielte weiter.
Plötzlich lief es nicht mehr. Er zählte nach. Ihm fehlte eine Summe von dreißig Mark. Er brauchte sie morgen. Also spielte er weiter, doch das Glück war weg. Mehr als zwei Sprossen auf der Risikoleiter schaffte er einfach nicht. Das Geld lief wie nichts durch die Mühle. Schmolz wie Schnee. Die Maschinen spielten mit ihm Katz und Maus. Fraßen wie verrückt. Zweimal ging er wieder

zum Geldwechsler. Dann war nichts mehr da außer Saskias dreihundert Mark. Er hatte sie seit heute morgen in der Innentasche seiner Jacke.
Es war nicht sein Geld, aber gerade jetzt war es völlig idiotisch aufzuhören. Er hatte es in der Hand. Er konnte alles zurückholen. Wenn er sich anstrengte. Der Automat war nicht unschlagbar. Alle hier spielten doch nur, weil die Automaten nicht unschlagbar waren.

Es war lange nach Mitternacht. Sein Vater war immer noch nicht aufgetaucht, und Sebastian hatte alles verloren. Einen Augenblick lang war er richtig erlöst, daß das Spiel zu Ende war. Daß er nichts mehr verlieren konnte. Daß wieder Ruhe eingekehrt war. Aber dann dachte er an den nächsten Morgen in der Schule. Er brauchte das Geld. Er wühlte in seinen Taschen und fand den Scheck über fünfhundert Mark, den der alte Melzer spendiert hatte. Er mußte den Automaten in den Offenbarungseid zwingen. Er war besessen von dieser Idee.
»Nehmen Sie auch Schecks?« fragte er die Frau an der Wechselkasse.
Sie hatte durchdringende Augen, die ihn ungeniert musterten, als wäre das einzige Spiel in diesem Saal ihr Spiel mit jungen Männern. Gerade als er ihrem Blick nicht mehr standhalten konnte, sagte sie: »Was ist das für ein Scheck?«
»Ich verstehe nicht...«

»Ich frage, was ist das für ein Scheck. Verrechnung oder bar?«
»Keine Ahnung.« Er legte ihn auf die Theke.
Sie nahm ihn. Während sie ihn betrachtete, war die Angst da, sie würde ihn abblitzen lassen.
»Hast du deinen Ausweis?«
»Nein.«
»Tut mir leid. Dann kann ich nichts für dich tun.« Sie gab ihn zurück.
Noch im Weggehen überlegte er, was er machen sollte. Sein Vater hatte die andere Hälfte des Geldes. Niemand würde so gut wie er verstehen, wie es war, wenn man noch eine Chance brauchte.
Sein Blick fiel unwillkürlich auf die geheimnisvolle Treppe, die nach oben führte. Die Frau am Wechselschalter hatte ihn keinen Moment aus den Augen gelassen.
»Wohin geht es da?« fragte er.
»Zum Roulette. Aber nur für Leute ab einundzwanzig.«
»Danke.«
Er lächelte ihr zu und betrat die Treppe. Sie schien in ein unbekanntes Land zu führen. Oben war es viel stiller als unten. Nur hin und wieder hörte man das leise Singen der Kugel im Kessel. Dann die Befehle des Croupiers. Alles wirkte gedämpft und vornehm. Er brauchte eine Weile, bis er seinen Vater unter den Spielern entdeckt hatte.
Sebastian wartete zwei Spiele ab. Dann tippte er

ihm auf die Schulter. Erschrocken fuhr sein Vater herum. »Was willst du denn hier?«
»Kann ich einen Moment mit dir reden?«
»Das geht jetzt nicht. Ich kann nicht. Das siehst du doch. Was willst du?«
»Ich hab' kein Geld mehr. Kannst du mir was geben?«
Die Kugel lief gerade wieder, und sein Vater war wie hypnotisiert. Er hatte gar nicht hingehört. Er starrte nur in den Kessel, als würde sich dort sein Leben entscheiden.
»Sechsunddreißig, gerade, schwarz«, sagte die Stimme des Croupiers.
»Ich hab's gewußt. Ich hab' es doch gewußt. Die sechsunddreißig. Verdammt!«
Er hatte verloren. Sebastian sah, daß er nur am Verlieren war. Er hatte noch zwei oder drei Chips in der Hand. Es war völlig sinnlos, ihn um Geld zu bitten. Jedes Wort war vergeudet. Er verließ den Saal, ging nach unten und nach draußen. Nun stand er auf einem schlecht erleuchteten Parkplatz. Ein warmer Wind wehte und brachte den Geruch der frischgedüngten Felder herüber.
Seine Mutter saß jetzt vor dem Fernsehapparat und wartete auf ihn. Er hatte ihr oft gesagt, sie solle nicht warten. Er hatte ihr auch gesagt, das ewige Fernsehen sei schlecht für ihre Augen.
»Alles ist schlecht für irgendwas«, hatte sie geantwortet. Und dann hatte sie noch etwas ge-

sagt, was ihn erschreckt hatte: »Ich glaube, gesund ist es nur, tot zu sein.«
Damit hatte sie ihm die Verantwortung für sich gegeben. Mehr denn je hatte er heute den Wunsch, einfach abzuhauen und alles hinter sich zu lassen. Doch das konnte er ihr nicht antun. Während die Druckwellen der Autos ihn jedesmal fast in die Felder trieben, ging er in Richtung Stadt.

9

Sebastian glaubte, aus einem furchtbaren Traum hochzufahren. Aber es war kein Traum. Es war das Quäken seines Computers, der blinkte. Es war Donnerstag, der 11. April, 7 Uhr 30. Er wollte die Augen vor diesem Tag verschließen, aber unbarmherzig kam klassische Musik aus dem Radio.
Widerwillig stand er auf und schlich zum Kühlschrank. Seine Augen brannten, seine Kehle war ausgetrocknet. Außerdem schmerzte sein Kopf, was jedes klare Denken unmöglich machte.
Während er eiskalte Milch aus der Tüte trank, erinnerte er sich wieder. Einen wunderbaren Augenblick lang war er heute nacht ganz oben gewesen. Er hatte sie alle besiegt. Alle Automaten waren seine Knechte gewesen. Hatten getan, was er wollte. Und dann hatte er wieder nicht den richtigen Zeitpunkt erwischt. Er hatte sich selbst um alles gebracht.
Wo kam denn sonst diese Niedergeschlagenheit her? Vielleicht war er krank, einfach krank. Gab es für diese Krankheit einen Namen? Wahrscheinlich nicht.
Die Musik in seinem Zimmer war unerträglich. Mit dem Fuß riß er den Stecker heraus und suchte verzweifelt in seinen Taschen.

Gott sei Dank! Der Scheck war noch da. Das Bargeld hatte er verloren. Auch die dreihundert Mark von Saskia. Er erinnerte sich wieder, daß ihm am Schluß alles egal gewesen war. Er hatte nicht mehr um Geld gespielt. Er hatte gespielt, um sich gut zu fühlen. Es war wie eine Krankheit gewesen. War er krank?
Er betrachtete sich im Spiegel. Sein Gesicht wirkte etwas blasser als sonst. Aber es war nichts von einer Krankheit zu erkennen. Da spürte er wieder den Blick der Frau, die ihm das Geld gewechselt hatte sie hatte ihn so seltsam angesehen. Wenn es eine Krankheit gab, die mit Spielen zu tun hatte, sie kannte sie. Sie hatte gewußt, was mit ihm los war.
Seine Mutter war noch wach gewesen, als er nach Hause gekommen war. Sie hatte ihm richtiggehend aufgelauert, und sie hatten sich angeschrien und Türen geschlagen. Ihre nächtlichen Begegnungen wurden immer unerträglicher. Dabei tat es ihm hinterher sofort leid. Aber er war unfähig, es ihr zu sagen, sich zu entschuldigen oder sie einfach in den Arm zu nehmen. Es war wie eine Rolle, die er spielen mußte und von der ihn niemand befreien konnte.
Etwas anderes bedrückte ihn noch mehr. Die Angst, Saskia zu verlieren. Da war ein bedrohliches Gefühl, sie würde ihn verlassen, wenn sie merkte, was mit ihm los war.
In der ersten Stunde hatten sie Deutsch. Sieber

würde auf die Reise nach Rom zu sprechen kommen. Er war der Lehrer, für den er von Anfang an eine geheime Sympathie gehegt hatte. Das beruhte sicher auf Gegenseitigkeit, auch wenn Sieber manchmal ein Pedant war, der die Hefte nachwog, um sich zu vergewissern, ob da auch keine Seiten fehlten.
Diesmal fehlten keine Seiten. Es fehlten dreihundert Mark, eine Summe, die in diesem Augenblick für ihn unerreichbar war.
Die einfachste Lösung wäre, er packte ein paar Sachen und verschwände für eine Weile aus der Stadt. Seine Mutter würde er von irgendwoher anrufen, um ihr alles zu erklären.
Aber was war mit Saskia und ihren gemeinsamen Träumen vom Urlaub? Er konnte sie nicht einfach mitnehmen. Zu so einem Abenteuer wäre sie niemals bereit. Sie war durch und durch bürgerlich erzogen und würde nie etwas tun, was ihre Eltern nicht erlaubten. Sie hatte zu Hause nie Probleme gehabt. Ihre Familie lebte auf einem anderen Planeten. Ihr Vater hatte eine Arztpraxis, verdiente soviel Geld, wie er gar nicht ausgeben konnte, und besaß überall Wochenendhäuser. Wenn zwei Wagen vor der Tür standen, konnte man nicht sicher sein, daß jemand zu Hause war, weil sie fünf Wagen besaßen.
Saskia wurde mit Klamotten so verwöhnt, daß sie gar nicht wußte, wo sie das Zeug überhaupt noch hinhängen sollte, und vor seiner Zeit war sie nur

mit Edeltypen zusammengewesen, die mit sechzehn den Führerschein gemacht hatten, um die dicken Schlitten ihrer Väter zu Schrott zu fahren.
Die paar Male, die er in ihrer Villa gewesen war, hatten ihn ihre Eltern ziemlich herablassend behandelt. Kein Wunder. Er besaß nichts, was ihnen imponieren konnte. In solchen Augenblicken hatte er gefühlt, daß er ganz anders war als sie und daß er in seinem Leben um vieles würde kämpfen müssen, was anderen in den Schoß gelegt wurde.
Und doch konnte er sich nicht vorstellen, mit irgendeinem anderen Mädchen jemals glücklich zu werden.
Er mußte Saskia anrufen. Aber was sollte er ihr sagen? Daß er ohne sie nicht leben wollte. Und wie sollte er ihr dann erklären, daß er wegfuhr und sie hier alleine ließ?
Zumindest mußte er ihre Stimme noch einmal hören. Vielleicht fielen ihm dann die richtigen Worte ein.
Seine Mutter schlief noch. Er ging ins Wohnzimmer und wählte Saskias Nummer. Es wurde abgenommen, und eine schlechtgelaunte Männerstimme sagte: »Ja, bitte?«
Es war ihr Vater. Hastig legte Sebastian wieder auf. Die Idee, sie anzurufen, war idiotisch gewesen. Er nahm einen Zettel und schrieb: Hallo Saskia, es ist einiges schiefgelaufen, was ich jetzt nicht erklären kann. Sie werden Dir allerhand

Dinge über mich erzählen. Glaub niemandem. Trotzdem muß ich eine Weile verschwinden. Auf der Suche nach unserer Insel. Sebastian.
Als er die Zeilen noch einmal durchlas, fand er das Ganze albern und viel zu pathetisch. Er zerriß das Blatt. Seine romantische Vorstellung, sie würde ihn vermissen, war eine Illusion, und auf der einsamen Insel würde sie schon am ersten Tag ihren Haarfestiger vermissen. Überhaupt würde kein Mensch ihm eine Träne nachweinen. Er hatte die Kasse geleert, war verschwunden, und man würde zur Tagesordnung übergehen. Ganz davon abgesehen, war sein Verschwinden ein Schuldbekenntnis. Noch hatte ja niemand außer Björn Beweise, daß er es gewesen war. Jeder aus der Klasse konnte die Kassette aufgebrochen haben.
Gerade wenn er in die Enge getrieben war, kamen ihm oft die besten Ideen.
Von seiner Mutter war noch immer nichts zu hören. Eigentlich merkwürdig. Sonst war sie um diese Zeit längst wach. Vielleicht hatte sie ein Schlafmittel genommen. Die Tür zu ihrem Zimmer war nur angelehnt. Sie hatte die Gardinen vorgezogen, und es war drinnen stockdunkel. Er mußte aufpassen, daß er nirgends anstieß. Vage erkannte er ihre Gestalt unter der Decke. Sie schien nicht zu atmen und wirkte leblos.
Links vom Bett war ihr Kleiderschrank. Er schloß ihn leise auf, und ein sonderbarer Geruch schlug

ihm entgegen. Ihr Parfüm kannte er. Aber da war noch etwas anderes, das viel stärker roch.
Die Kleiderbügel klapperten leise, als er unter ihren Klamotten hindurchgriff. Irgendwo dort mußte der Werkzeugkasten sein. Sie konnte zwar nicht einmal einen Nagel einschlagen, aber sie bestand auf einem ordentlichen Haushalt. Seine Hand berührte etwas, das umkippte und ihm entgegenrollte. Er konnte die Flasche gerade abfangen, bevor sie weiterrollte und auf den Boden fiel. In dieser Sekunde hatte seine Mutter sich im Bett aufgerichtet: »Wer ist denn da?«
»Ich bin's.«
»Was tust du an meinem Schrank?«
Sie schob die Gardine zur Seite, und es wurde schlagartig hell im Zimmer. Was er in der Hand hielt, war eine Wodkaflasche. Jetzt wußte er, daß sie getrunken hatte. Daß sie immer schon trank. Wahrscheinlich war der ganze Schrank voller Flaschen. Er entschloß sich, so zu tun, als hätte er nichts bemerkt.
»Ich suche unseren Werkzeugkasten.«
Die Gestalt seiner Mutter war ganz starr. Sicher ahnte sie, daß er in diesem Moment hinter ihr Geheimnis gekommen war. Deshalb hatte sie solche Angst, er würde trinken. Er begriff mit einemmal vieles. Und sie saß aufrecht im Bett und brachte kein Wort heraus. Ihr Gesicht war weiß und ausdruckslos, ihr Mund nur ein dünner, verzweifelter Strich.

Er schob die Flasche wieder zu den anderen, nahm den Werkzeugkasten und ging in sein Zimmer. Es war jetzt Viertel nach sieben. Gerade hatte er eine Brechstange in seiner Mappe verstaut, als sie wie ein Geist hinter ihm auftauchte.
»Warum bist du heute so früh?«
Die Schminke von gestern war in ihrem Gesicht verschmiert, und sie sah schrecklich aus.
»Wir haben eine Besprechung wegen der Klassenfahrt.
»Sebastian, ich möchte dir ein Versprechen abnehmen...«
»Nicht jetzt, Mama.«
Nur mit ihrem Morgenmantel bekleidet, versperrte sie ihm den Weg. Ihre Stimme klang ängstlich und leise, und er ahnte, was kommen würde. »Ich weiß, daß ich oft furchtbar bin. Ich weiß auch, daß ich vieles bei dir falsch mache. Wahrscheinlich kann Saskia viel besser mit dir umgehen. Aber Mütter sind nun mal so. Sie sehen in den Kindern all die Fehler, die sie selber gemacht haben...«
»Das verstehe ich doch...«
Ihre Augen verengten sich und wurden so klein wie Stecknadelköpfe. »Das verstehst du nicht.«
»Dann verstehe ich es eben nicht«, sagte er. »Ich muß jetzt wirklich gehen.«
»Du weißt ja gar nicht, was ich manchmal mit dir durchmache. Ich bin ja so froh, daß du dieses

Mädchen hast. Ja, wirklich. Sie nimmt mir eine schwere Last ab. Mädchen in dem Alter sind so vernünftig. Sie kann auf dich aufpassen.«
»Glaubst du nicht, daß ich selber auf mich aufpassen kann? Mama, warum gehst du nie aus? Warum siehst du keine anderen Leute? Warum suchst du dir nicht einen Freund?«
»Willst du, daß hier ein Mann bei uns einzieht? Früher warst du auf jeden eifersüchtig, wenn ich nur mit ihm geredet habe. Wir zwei verstehen uns doch.«
»Wenn du mich meinst... Ich verstehe dich oft überhaupt nicht. Das hat nichts damit zu tun, daß du meine Mutter bist. Aber du mischst dich zuviel in mein Leben ein.«
Endlich war es heraus. Sie sagte eine ganze Weile nichts, und er wußte, daß sie diesen Gedanken immer verdrängt hatte. Wie konnte er ihr erklären, daß das nichts mit seinen Gefühlen ihr gegenüber zu tun hatte. Er liebte sie, wie jeder seine Mutter liebte. Schon weil sie der einzige Mensch war, den es von Anfang an in seinem Leben gegeben hatte. Doch das verlieh ihr auch Macht. Und dafür haßte er sie manchmal. Noch immer sprachlos, schob er sie sanft zur Seite. Sie unternahm nichts, um ihn aufzuhalten. Als er sich noch einmal umdrehte, war ihr Blick gefangen wie in einem Käfig. Sie sah alles auf dieser Welt nur von ihrem Standpunkt aus. Von ihm hatte sie nichts begriffen. Aber auch gar nichts.

10

Sieber hatte in der letzten Stunde eine Art Fragebogen ausgegeben, in dem jeder aus der Klasse frei und offen seine Meinung über die Schule und den Lehrbetrieb äußern sollte. Diesmal las er einige der Antworten vor.
Angelika hatte geschrieben: »Die Schule ist so eine Art Gefängnis, in dem man immer wieder Leute trifft, denen man eigentlich nie im Leben begegnen möchte.«
Alle amüsierten sich. Auch Sieber fand die Formulierung gut.
Markus hatte sich vor allem über die Lehrer ausgelassen, die seiner Meinung nach alle ihren Beruf verfehlt hatten, und Dominik Rasch hatte einfach nur »Null Bock!« über den ganzen Fragebogen geschmiert.
»Mein Freund Sebastian hat da eine sehr subtile Meinung«, sagte Sieber mit einem leicht ironischen Unterton und las: »Die Schule ist eine Institution nach dem Prinzip Frust ohne Lust, die alle Schüler zu totalen Anpassern erzieht. Die Lehrer peitschen ihren Lehrplan durch, die Schüler buckeln, und alles hat möglichst wenig mit dem Leben zu tun. So schaffen sie es, daß einem jedesmal schlecht wird, wenn man nur das Ge-

bäude betritt...« Oberstudienrat Sieber machte eine Pause und sagte dann: »Ende des Zitats. Sebastian könnten Sie Ihr Übelkeitsgefühl noch etwas ausführlicher darlegen?«
Sebastian erhob sich. »Ich finde, daß die Lehrer mit den Noten alles in der Hand haben. Irgendwie ist das eine große Maschine, in der wir alle mitstrampeln müssen. Ich denke, wir sollen zu freien Menschen erzogen werden.«
Aus der Klasse kam heftiges Klatschen.
»Und was glaubst du, was ich an meinem Unterricht verbessern könnte?«
»Ich glaube, daß wir die Gedichte, die wir lernen, später nicht brauchen. Wir sollten mal über aktuelle Probleme reden. Kriminalität, Alkohol, Drogen. Vielleicht mal ein paar Zombiefilme zeigen.«
Jeder bis in die letzte Bank spürte, daß Sebastian Sieber provozieren wollte.
»Warum haben Sie das nicht schon früher gesagt?« fragte Sieber.
»Weil sich alle vor Angst, eine schlechte Note zu bekommen, in die Hose machen. Wir kriegen doch nur ein ganz bestimmtes Bild von der Welt vermittelt. Rom, das ist das Kolosseum, die Thermen und so weiter. In Wirklichkeit gibt es da Arbeitslosigkeit, Kriminalität und einen Haufen Elend.«
»Und welches Rom würden Sie gern kennenlernen?«

»Das Rom der armen Leute, der Bettler und Huren, das Elend der Vorstädte...«
»Wollen Sie die Planung der Reise dann nicht übernehmen. Ich folge Ihnen willenlos zu ihren Bettlern...«
Sebastian antwortete nicht. Er wußte, es war das Vorspiel von dem, was gleich geschehen würde. Aber es geschah zunächst nichts. Es hatte geklingelt, und er wollte gerade aufstehen, als Sieber zu ihm sagte: »Bleiben Sie noch einen Moment hier?«
Sebastian nickte. Unwillkürlich wanderte sein Blick zu Björn, der geduckt in seiner Bank saß und irgend etwas kritzelte. Eine Sekunde lang sah er auf, da trafen sich ihre Blicke voller Verachtung. Das heißt, bei Björn war es mehr Angst. Er war so blaß, daß seine Sommersprossen wie kleine Löcher im Gesicht wirkten.
Jetzt waren die anderen alle draußen. Nur noch Björn, Sebastian und Sieber befanden sich im Klassenzimmer.
»Würden Sie uns bitte allein lassen!« sagte der Lehrer zu Björn, der mit einem letzten gelangweilten Blick auf Sebastian die Klasse verließ.
Sieber schob sich neben Sebastian in die Bank.
»Ich habe deinen Stimmungsbericht über die Schule mit großem Interesse gelesen. Ist das deine ehrliche Meinung?«
Sebastian antwortete nicht. Er blickte aus dem Fenster zur Fernstraße, auf der die Wagen wie

kleine leuchtende Käfer krochen. Die einen nach Süden, die anderen entgegengesetzt. Es hatte etwas Sinnloses.

»Ich beobachte dich schon ein paar Tage«, sagte der Lehrer. »Etwas an dir gefällt mir nicht.«

»Ich kann ja gehen.« Er stand auf.

Sieber zog ihn auf die Bank zurück. »Sebastian, ich schätze deine Intelligenz und deinen klaren Verstand. Und ich habe sehr viel Vertrauen zu dir. Die Klasse übrigens auch...«

»Was soll das alles?« sagte Sebastian aggressiv.

Sieber zögerte einen Moment. Dann sagte er: »Also, es ist so. Es geht um die Reisekasse. Jemand sagt, da seien irgendwelche Summen weggekommen. Sebastian, wenn du Geld brauchst...«

Sebastian stand wortlos auf und ging zum Schrank. Als er zurückkam und die Kassette vor Sieber hinstellte, sagte keiner von beiden ein Wort. Aber beide konnten sehen, daß das Schloß der Kassette aufgebrochen war. Das Metall mußte mit großer Gewalt verbogen worden sein. Sieber hob den Deckel hoch und sah, daß die Fächer leer waren.

»Was willst du damit sagen?« fragte er.

»Daß jemand das Geld rausgenommen hat. Und ich habe die Verantwortung.«

»Und wer war es deiner Meinung nach?«

»Ich werde es herausfinden. Das verspreche ich. Morgen ist das Geld wieder da.«

Sieber schien diese Logik nicht ganz zu begreifen. Aber er war einverstanden und erhob sich.
»Nichts entläßt dich aus deiner Verantwortung. Du bist doch gerade für die Freiheit der Schüler eingetreten. Aber es gibt keine Freiheit ohne Verantwortung. Entweder ein gewisser Jemand legt das Geld zurück, oder aus der Romreise wird nichts. Nicht für diesen Jemand jedenfalls. Und das wäre doch sehr traurig.«
Sieber betrachtete kopfschüttelnd die aufgebrochene Kassette, stellte sie in den Schrank und drehte sich in der Tür noch einmal um.
»Übrigens kannst du jederzeit zu mir kommen. Ich meine, wenn du mir irgend etwas zu sagen hast. Wir sprechen darüber, und kein Mensch wird es je erfahren. Du hast mein Wort.«

Es gab keinen Zweifel: Sieber wußte alles. Björn hatte es ihm brühwarm erzählt. Er mußte so schnell wie möglich das Geld auftreiben. Sonst würde es die ganze Schule erfahren. Vor allem aber, wie würde er es schaffen, daß Saskia nicht das Vertrauen zu ihm verlor?
Er wußte nicht, was er machen sollte. Einerseits hatte er Angst, sich bei ihr eine Abfuhr zu holen. Andererseits hieß es doch so schön, daß Liebe auch Vertrauen bedeutete. Oder wie hatte es mal jemand ausgedrückt? Liebe heißt, nie um Verzeihung bitten müssen. Wenn sie ihn also liebte, würde sie seine Zwangslage verstehen.

»Haust du schon ab?« fragte Markus, als er nach der Pause seine Sachen packte.
»Du hast doch selber gesagt, daß wir unsere Zeit hier verschwenden«, erwiderte Sebastian. »Und wie soll ich mich konzentrieren, wenn ich dauernd an was anderes denke.«
»Du meinst deine Freundin?«
Markus hatte, ohne es zu wissen, ins Schwarze getroffen. Das Problem war vor allem Saskia, die er liebte und die er wegen der Geschichte mit dem Geld nicht verlieren wollte.
Sebastian ging zu Kyriakis, um sich Mut anzutrinken, und um kurz vor eins hatte er bereits einen kleinen Schwips und wartete in einer Telefonzelle, die der Villa, in der Saskia mit ihren Eltern wohnte, genau gegenüberlag.
Es war schon halb zwei, und sie war immer noch nicht da. Er überlegte gerade, ob sie vielleicht zum Griechen gegangen war in der Hoffnung, ihn da zu treffen, als ein Sportwagen vorfuhr.
Der Junge, der ihr die Wagentür aufhielt, war Thomas, dieser Schmalzlockentyp. Seine Haare waren so fettig, daß jeder Kamm drin steckenbleiben mußte. Die beiden waren ziemlich gut drauf, so als hätten sie auch schon was getrunken. Zum Abschied küßten sie sich, und er sah sie mit so einem schmachtenden Blick aus seiner Sportschleuder an, daß Sebastian ihm am liebsten die Reifen zerstochen hätte.
Der Typ hupte, und Saskia sah ihm nach, wie er

mit wimmernden Reifen davonraste. Sebastian verließ die Telefonzelle und ging langsam über die Straße.
»Was machst du denn hier?« sagte sie und schien ziemlich überrascht zu sein.
»Was glaubst du? Daß ich dir nachspioniere, wenn du mit anderen losziehst?«
Sie zuckte mit den Achseln und sagte dann ziemlich eisig: »Wo bist du denn heute gewesen?«
»Ich hatte keinen Bock. Sie reden nur noch von der Klassenreise. Ich habe heute morgen bei dir angerufen. Aber dein Alter war dran, und ich hatte keinen Bock mit ihm zu reden. Wollen wir irgendwohin gehen?«
»Ich muß arbeiten. Wir schreiben morgen eine Ex in Bio.«
»Findest du Schule so wichtig?«
»Nur weil du sie nicht wichtig findest?«
»Wenn wir nach Rom fahren, sehe ich dich eine Woche nicht. Ich möchte irgendwo mit dir alleine sein. Ich möchte immer bei dir sein. Ich brauche dich. Jetzt.«
»Ich kann dich nicht mit reinnehmen.«
»Weil ihr so vornehm seid. Oder weswegen?«
Sie warf ihr Haar in den Nacken und machte ein genervtes Gesicht. »Sei doch nicht immer gleich beleidigt. Meine Mutter hat Essen gemacht, und ich muß arbeiten. Sebastian!«
Sie sah sich um, ob niemand aus dem Haus sie beobachtete, und küßte ihn. Es war ein kamerad-

schaftlicher Kuß. Sie konnte viel besser küssen, und er hätte sie gern in den Arm genommen, um sie nicht wieder loszulassen. Gerade jetzt brauchte er sie. In diesem Augenblick. Aber Mädchen waren da anders. Nie so spontan. Nie taten sie mal was völlig Verrücktes.
»Dann nicht«, sagte er. »Aber ich weiß nicht, ob wir uns vorher noch sehen. Vielleicht heiratest du ja diesen Typen und kriegst tausend Kinder mit kleinen Schmalzlocken...«
»Ekel!«
»Gern geschehen«, sagte er und wünschte sich, sie würde ihn zurückrufen oder zumindest noch etwas Nettes sagen. Aber sie sagte nichts. Sie konnte sich vielleicht gar nicht vorstellen, daß er furchtbar eifersüchtig war. Denn für ihn hatte das was mit echten Gefühlen zu tun. Und sie war so verdammt nüchtern und normal.
»Wo gehst du hin?«
»Wo geh' ich hin? Ich fahr' auf den Fernsehturm und spring' runter. Vielleicht deckt mich jemand zu, wenn ich unten ankomme.«
Als er ging, war ihm klar, daß er ihr nichts von alldem gesagt hatte, was er ihr hatte sagen wollen. Er hatte es nicht über sich gebracht. Vielleicht sah so das Ende aus. Dieser Thomas würde seine Chance bei ihr wahrnehmen.
Ihm war zum Heulen zumute. Aber auch das klappte nicht.

Seit fast vierundzwanzig Stunden hatte er nichts mehr gegessen. Seine Mutter arbeitete nachmittags in einer Werbefirma, und das war die einzige Zeit, wo sie nicht auf ihn wartete. Ihr Kühlschrank war immer bis obenhin vollgepackt.
Er schob ein Fertiggericht in den Backofen und wählte Saskias Nummer. Sicher war es ein Fehler, aber er mußte noch einmal mit ihr sprechen. Diesmal war ihre Mutter am Apparat.
»Kann ich Ihre Tochter sprechen?« sagte er sehr förmlich. Ihre Mutter sprach furchtbar geziert. Sie erklärte ihm, daß Saskia heute noch ein großes Programm habe, daß schon viele angerufen hätten und daß sie heute abend zu einem wichtigen Fest eingeladen sei.
»Auf welches Fest geht sie denn?« fragte er und wunderte sich über seine Unverfrorenheit.
»Das kann ich nicht sagen. Sie hat ja immer soviel vor«, antwortete die Mutter.
»Dann bestellen Sie ihr einen schönen Gruß«, sagte er und legte auf. Sicher schleppte dieser Thomas sie auf eine Fete. Früher war Sebastian sich seiner immer sehr sicher gewesen. Jetzt kochte er vor Eifersucht. Irgendwie mußte er sich betäuben.
Er ging an den Schrank seiner Mutter und holte die Wodkaflasche. Sie war halbvoll, und er nahm einen tiefen Zug. Aber das Zeug beruhigte seine Nerven nur oberflächlich. Er fühlte auch nach dem dritten Schluck, daß noch immer etwas in

ihm rumorte. Es war eine seltsame Unruhe, ein Kampf sich widersprechender Empfindungen. Da war diese Niedergeschlagenheit, die mit Saskia zu tun hatte, und gleichzeitig das Gefühl, etwas dagegen unternehmen zu müssen. Er wußte genau, er wollte es nicht, aber sein ganzes Denken kam immer wieder auf einen einzigen Punkt. Wenn er jetzt ein Spiel machen könnte, würde es schon nach Sekunden irgendwo in seinem Kopf klick sagen, und dann wäre er gut drauf. Seine Finger würden ganz ruhig. Sein ganzer Körper würde die alte Selbstsicherheit zurückgewinnen.

Er hatte sich in einen Sessel gesetzt und starrte vor sich hin. Dabei kreisten seine Gedanken wie ein Raubvogel langsam das Ziel ein. Jetzt lag es deutlich vor ihm. Sein Blick war auf den Sekretär seiner Mutter gerichtet. In der zweiten Schublade von oben war eine Bibel, und in dieser Bibel lag zu Anfang jeden Monats ihr Haushaltsgeld. Achthundert Mark. Jede Woche nahm sie zweihundert davon weg.

Es war Mitte des Monats. Es mußten also noch vierhundert Mark dasein. Unter günstigen Bedingungen und mit ein paar Risikospielen konnte er das Geld leicht verdoppeln.

Der Gedanke, der lautlos gekreist hatte, stieß zu. Er machte die Schublade auf und nahm vorsichtig die Bibel raus. Sie ließ sich nur an einer einzigen Stelle aufschlagen. Bei Matthäus. Sein Konfirma-

tionsspruch war aus dem Evangelium des Matthäus gewesen.
Er erinnerte ihn noch: »Wer sich selbst erhöht, der wird erniedrigt, und wer sich selbst erniedrigt, der wird erhöht werden.«
Fünf Hundertmarkscheine lagen dort.

II

Gleich zu Anfang bekam Sebastian hundert Sonderspiele. Bei jedem Gewinn konnte er jetzt auf den doppelten Betrag kommen. Schon nach kurzer Zeit war er auf siebzig Mark. Um diese Zeit, es war drei Uhr, füllte sich die Halle. Die anderen Spieler standen hinter Trennwänden in dunklen Nischen, und man sah sie nicht. Nur die Geräusche der Automaten waren zu hören. Wieder kamen Sonderspiele. Bevor seine Mutter gegen fünf Uhr von der Arbeit zurückkommen würde, mußte er das Haushaltsgeld wieder in die Bibel legen. In das Evangelium des Matthäus.
Vorsichtig mit lang – kurz – kurz – lang arbeitete er sich auf der Glücksleiter nach oben. Es kam nur auf seine Geschicklichkeit an. Jedenfalls machte er sich das vor. Jetzt waren über hundert Mark im Speicher.
Gleichzeitig begannen seine Gedankenspiele. Wenn er heute gewann, konnte er morgen früh schon das Geld in die Kasse zurücklegen. Wenn der Gewinn größer ausfiel, konnte er sogar noch etwas für Saskia kaufen. In zwei Wochen hatte sie Geburtstag. Er würde diesem Thomas zuvorkommen, sie beim Griechen einladen und ihr etwas ganz Besonderes schenken. Einen Schmuck oder

so was. Es kam jetzt nur darauf an, daß der Automat ihm gehorchte.

Es war ein harter Kampf der Nerven.

Eine Weile ging es zwischen ihnen hin und her. Jedesmal, wenn der Automat auf ihn hörte, gab er ihm Zuspruch. Wenn er ihn im Stich ließ, schlug Sebastian ihn, beschimpfte ihn oder beschwor ihn.

Dann hatte sich etwas im Verhalten des Automaten verändert. Alles Beschwören und Zureden nützte nichts. Immer wieder mußte Sebastian neues Geld eintauschen. Sein Gegner blieb erbarmungslos, hatte nur noch Hohn und Verachtung für ihn übrig. Vielleicht verstand er ihn nicht mehr, begriff nicht, was er wollte. Denn es bedurfte doch nur eines kleinen Drucks auf die Tasten, um den ganz großen Gewinn herauszuholen.

Er kam nicht.

Es war kurz nach neun, als er die letzten fünf Mark einwarf. In zwei Minuten waren auch sie verspielt. Er war wieder einmal am Ende, und es war wie jedesmal ganz undramatisch.

Hinter ihm stand ein anderer Mann, der schon wartete, und es gab ein anderes Spiel, mit dem Sebastian nichts mehr zu tun hatte. Der Automat lief weiter, und Sebastian war es gleichgültig, wer spielte. Darin war er erbarmungslos. Und Sebastian fühlte sich zu Recht von ihm bestraft.

Er hatte das Haushaltsgeld seiner Mutter verspielt. Seit Jahren versuchte sie mühsam, über die Runden zu kommen, und erst vor drei Monaten hatte sie diesen Job in der Werbefirma bekommen. Ihm war übel. Er mußte an die frische Luft.

Die Straßen wirkten um diese Zeit verlassen. Die Menschen, die von der Arbeit kamen, waren gerade zu Hause, und der nächtliche Ansturm auf die Bars und Lokale hatte noch nicht eingesetzt. Seine Mutter würde jetzt gerade liebevoll etwas in der Küche zubereiten. Mittwochs gab es meistens panierte Kalbsschnitzel in einer Sahnesauce, sein Lieblingsgericht. Aber er konnte nicht nach Hause, bevor er das Geld nicht zurückgewonnen hatte.
Schon eine halbe Stunde später sah er seinen Verlust gar nicht mehr so sehr als Niederlage an. Es konnte der Anfang eines ganz neuen Lebens sein. Andere machten ihr Geld leicht beim Pferderennen oder beim Roulette, wo viel größere Summen über den Tisch gingen. Neulich hatte er im Fernsehen einen Film über Pokerspieler gesehen. Die wirkten immer überlegen und siegessicher und gewannen dann auch. Gerade weil sie sich nichts anmerken ließen.
Dabei fiel ihm sein Vater ein. Er wohnte direkt hier um die Ecke.
Als er vor dem Hauseingang stand, gab es etwas, das ihn noch zögern ließ. Was wußte er von seinem Vater, außer daß er hier wohnte? Nichts.

Er blickte an der Fassade empor. Im Vergleich zum erstenmal schien ihm das Haus noch schäbiger und grauer. Im Parterre gab es einen Tante-Emma-Laden. Die Dekoration im Fenster war vergilbt.
Drei breite Stufen führten zur Eingangstür. Er beschloß, erst oben zu klingeln, und betrat das Treppenhaus. Drinnen roch es, als würden die Leute ihre Notdurft in den großen Töpfen verrichten, in denen ein paar trostlose Pflanzen vegetierten.
In der zweiten Etage stand »S. Fischer« auf einem Messingschild. Sein eigener Name. Es war schon ein merkwürdiger Gedanke, nach so vielen Jahren zu entdecken, wie der eigene Vater lebte.
Die Klingel war so laut, daß sie das ganze alte Haus aus seinem Schlaf aufzuwecken schien. Irgendwo über ihm kam jemand die Stufen herunter. Dann wurde direkt vor ihm die Tür aufgemacht. Nur einen Spalt, und eine Frauenstimme sagte: »Was ist? Was wollen Sie?«
»Ich bin Sebastian. Ist mein Vater da?«
Langsam machte sie etwas weiter auf und musterte ihn. Sie hatte nur einen etwas schlampig übergeworfenen Morgenmantel an. Dabei war es schon später Nachmittag. Ihr Haar war blond. Aber sicher gefärbt.
»Du bist also Sebastian. Komm doch rein!«
Er trat ein. Es roch muffig nach alter Wohnung und noch älterem Essen. Das Wohnzimmer sah

aus, als wäre es vom Sperrmüll, und sie bat ihn, auf dem einzig intakten Stuhl Platz zu nehmen. Sie selbst setzte sich auf ein Sofa und wippte herausfordernd mit dem Fuß.
»Und wie alt bist du?«
Es war in diesem Augenblick eine dumme Frage. Denn daß er keine zwölf mehr war, konnte sie sehen.
»Sechzehn«, sagte er.
»Rauchst du schon?«
»Nein.«
Sie zündete sich eine Zigarette an und wippte mit dem anderen Fuß.
»Dein Vater war heute noch gar nicht da. Willst du was Bestimmtes von ihm?«
Gleich mit der Tür ins Haus zu fallen und ihr zu sagen, daß er sein Geld zurückhaben wollte, fand er nicht gut. Deshalb sagte er: »Er hat mir neulich erzählt, daß er ein Haus in Cannes hat. Ich möchte mit einer Freundin Urlaub machen und wollte fragen, ob wir...«
Sie lachte schrill. »Das Haus... das berühmte Haus in Cannes. Soll ich dir was sagen? Dein Vater hat nie ein Haus in Cannes gehabt, und er wird nie eins haben.«
»Ist das wahr?«
»Deinen Vater gibt es gar nicht mehr. Er ist ein Wrack. So krank, daß ihm niemand mehr helfen kann. Auch ich nicht. Und weißt du, wie die Krankheit heißt?« Sie zeigte an ihre Stirn. »Er hat

nur eins im Kopf. Ich nehme an, du weißt gar nicht, was das bedeutet.«
Sebastian schüttelte den Kopf.
»Hast du ihn mal erlebt, wenn seine Hände zittern, wenn er Schweißausbrüche bekommt und wenn er um sich schlägt? Wenn er fast umkommt vor Nervosität, nur weil er kein Geld hat für den nächsten Automaten. Weißt du, was Spielsüchtige für ein paar Mark tun? Sie lügen. Sie stehlen. Sie töten. Manchmal sogar sich selber. Er würde mich umbringen, nur um an mein Portemonnaie heranzukommen. Du ahnst ja nicht, was ich mit deinem Vater durchgemacht habe. Aber wenn er mich nicht hätte, wäre er schon lange tot. Dabei liebe ich ihn. Ich liebe ihn und muß zusehen, wie er langsam vor die Hunde geht. Du hast ja keine Ahnung, keine Ahnung, mein Junge.«
Sie stockte einen Augenblick lang. Dann sagte sie mit sehr gefaßter Stimme: »Du solltest ihn mal erleben, wenn er morgens aufwacht, stöhnend, keuchend, sich vollkotzt und ich ihn wieder saubermachen muß. Schon zweimal hat er versucht sich umzubringen. Ich hab' gewünscht, daß er es schafft. Aber auch da hat er kein Glück...«
Sie machte eine Pause. Dann lachte sie plötzlich, und ihr Lachen klang ganz hohl. »Du willst in das Haus in Cannes? Das hat er als allererstes wieder verspielt. Sieh dich hier um. Wir haben nicht mal richtige Möbel. Er hat alles verspielt. Alles.«
»Tut mir leid. Das hab' ich nicht gewußt«, sagte

Sebastian, als sie schwieg, und ihr Schweigen war viel schlimmer als ihr Reden.
»Sein Selbsthaß ist manchmal so groß, daß ich glaube, er wird es irgendwann schaffen, sich umzubringen. Möchtest du was trinken?«
»Ich glaub', ich gehe lieber«, sagte er.
Sie begleitete ihn zur Tür. Im Treppenhaus merkte er, wie er noch immer vor Anspannung zitterte. Er wollte seinen Vater nie wiedersehen. Er würde nie wieder spielen. In seinem ganzen Leben nicht. Nie würde er so werden wie er.

Endlich stand er wieder auf der Straße. Aus dem kleinen Krämerladen roch es nach gebratenem Fleisch. Vielleicht machten sie Frikadellen, so wie seine Mutter sie früher oft für ihn gemacht hatte. Jetzt hätte er gern einen Cheeseburger gehabt, triefend von Senf und Mayonnaise. Mit durchweichten Gurken. Aber er hatte weder Geld noch ein festes Ziel. Er hatte nur einen unerträglichen Hunger. In diesem Augenblick sah er seinen Vater.
Er kam von der anderen Straßenseite und sah furchtbar aus. Unrasiert, das Gesicht grau, und die Art, wie er sich kaum auf den Beinen halten konnte, machte alles noch schlimmer. Jetzt blieb er stehen und hielt sich an der Fassade eines Hauses fest.
Sebastian überquerte die Straße und stützte ihn.
»Was ist mit dir, Papa?«

»Nichts. Warst du bei mir?«
Sebastian nickte.
»Hast du mit meiner Bekannten gesprochen?«
»Ja.«
»Und wie ist sie?«
»Nett. Sehr nett. Ich glaube, sie ist sehr traurig über dich.«
Sein Vater lachte leise. »Das sind sie alle. Eines Tages wirst du das begreifen. Vielleicht hat deine Mutter recht. Du solltest das Abitur machen und etwas Vernünftiges werden. Du solltest nicht so wie ich...«
»Hast du noch etwas Geld?« fragte er rasch, bevor sein Vater versuchen würde, die Treppe hochzukommen. Sein Vater suchte in den Taschen, wo er nichts fand.
»Komm mit hoch. Vielleicht hat sie noch was.«
»Nein. Nein, ich hab' es eilig. Ich muß in die Schule.«
»Laß mich nicht allein. Bitte, laß mich nicht allein«, flehte sein Vater.
»Aber du bist doch nicht allein«, sagte Sebastian.
»Hast du eine Ahnung, wie allein Menschen sein können. Weißt du was?« Er beugte sich leicht schwankend zu ihm herüber. »Wenn ich jemals einen Menschen gehabt hätte, der mich wirklich geliebt hätte, wäre es nie soweit gekommen...«
»Aber sie liebt dich doch.«
Er schüttelte den Kopf und stieg die ersten Stufen

rauf. Er war kaum in der Lage, das Geländer festzuhalten. Sebastian klingelte, hörte, wie oben jemand an die Tür kam und verließ ihn, so schnell er konnte.
Erst ein paar Straßen weiter blieb er wieder stehen. Sein Herz wollte sich gar nicht mehr beruhigen. All das, was in den letzten zwei Tagen geschehen war, überstieg seine Kräfte. Er würde es nicht einfach verdrängen können. Und wenn er es verdrängte, blieb da immer die Erkenntnis, daß sein Vater und seine Mutter ihr ganzes Leben auf einer verdammten Lüge, auf einem riesigen Selbstbetrug aufgebaut hatten.
Und er war das Opfer. Dafür hätte er sie hassen können.

In der »Turbine« lief «Shoo-Bee-Doo» von Madonna. Der ganze Saal tobte, der Boden war in Bewegung geraten wie bei einem Erdbeben, und im »Flashlight« tanzten die Paare über die Tanzfläche, formierten sich in Ketten, und die glitzernden Strümpfe der Mädchen leuchteten im blauen Licht, wenn sie die Beine hochwarfen. Sebastian drängte sich durch eine Gruppe von völlig verzückten Teenies, die mit zuckenden Körpern nur so dastanden.
Markus war an der Bar und mixte Drinks. Sein schönes weißes Hemd war schweißverklebt, und die Fliege hing ihm auf Halbmast. Nur flüchtig und sehr genervt sah er zu ihm herüber.

»Ich brauch' heute unbedingt einen Job«, sagte Sebastian.
»Kannst du strippen? Wir brauchen jemand, der sich auszieht, um die Stimmung anzuheizen.«
»Jetzt mal echt. Ich brauch' Geld, Markus. Ich bin...«
»Du hast doch die Kasse ausgeräumt. Da war doch genug drin.«
Es war wie eine Ohrfeige, die er einstecken mußte. Wenn Markus es wußte, wußten es die anderen auch. Er konnte nie wieder in die Schule gehen. Das war vorbei. Ob es ein Verlust war, würde sich noch rausstellen.
Markus knallte drei Bacardi-Cola auf das Tablett einer Bedienung.
»Ich dachte, wir wären Freunde«, sagte Sebastian.
»Warst du es, oder warst du es nicht?« Zum erstenmal hielt Markus beim Einschenken der Gläser inne und sah ihm in die Augen.
»Verdammt, ich war's. Ich war in einer dämlichen Situation. Du kannst dir das nicht vorstellen. Aber wenn ich diesen Job nicht kriege, steht mir die Scheiße echt bis zum Hals.«
»O. k.« Markus wusch hastig ein paar Gläser ab. »O. k... O. k... Zwölf Mark die Stunde. Aber du mußt hier an der Bar bleiben. Ich kann dich nicht kassieren lassen. Das mußt du verstehen.«
»Hast du Angst, daß ich euch das Geld klaue?«
Sein Freund antwortete nicht mehr. Er war mit

einem Tablett im Gewühl der Menschen untergetaucht. Sebastian holte sich eine Schürze aus der Ecke und fing an Gläser abzuwaschen.
»Fünf Spezi, zwei O-Saft, drei Amaretto«, schrie ein Mädchen gegen das Ballern der Bässe an.
Er hatte die Drinks gerade fertiggemacht. Da kam Markus und brüllte: »Gegen die Luft hier kommt keine Pickelcreme an. Schneller, mach schneller! Arbeiten und nicht schlafen!«
Nach einer halben Stunde war Sebastian völlig fertig. Seine Hände waren von dem kalten Wasser fast erfroren, und er konnte die Finger kaum noch bewegen. Auch hatte er mit den Getränkebons total den Durchblick verloren.
»Da sitzt ein Freund von dir«, sagte Markus, der zwei Tabletts mit leeren Gläsern hereinbrachte. »Du, ich glaub', der hat sich geschminkt.«
»Wer?«
»Björn. Dein Liebling.«
»Der?« Sebastian wollte sich die Schürze vom Körper reißen. Aber Markus hatte ihn sofort gepackt und hielt ihn hinter dem Tresen fest.
»Mach hier keinen Rabatz!«
»Ich mach' ihn nur breit.«
»Hör mal, du bist nicht Mike Tyson. Ich hab' dich eingestellt, damit du Drinks mixt, und nicht, damit du eine Schlägerei anfängst. Hier bist du ganz schnell wieder draußen.«
»Hältst du zu mir oder zu ihm?« sagte Sebastian. »Das will ich jetzt wissen.«

Markus hatte seine Tabletts hingestellt, sah aus, als wollte er zuschlagen. Aber plötzlich nahm er ihn in den Arm. Ihre beiden Körper zitterten, und obwohl sie nichts sagten, war es wie eine Erlösung.
»Was macht ihr denn hier?« kam eine Stimme von der Tür. »Wenn ihr euch liebhaben wollt, geht nach Hause. Ich bin kein Wohlfahrtsunternehmen.«
Es war die Chefin.
»Weißt du, so was macht man ganz anders«, sagte Markus und nahm seine Arbeit wieder auf.
»Und wie?«
»Er will einen Drink haben. Also mix ihm einen. Er verträgt keinen Alkohol. Mach ihm was ganz Wunderschönes. Verstehst du mich?«
Er zwinkerte Sebastian zu.
Zwei Minuten später war der Drink fertig. Das Zeug sah so giftig aus wie pures Dioxin. Obendrauf hatte Sebastian eine Limonenscheibe drapiert.
»Und was soll ich sagen, wenn ich ihm das bringe?« fragte Markus hinterhältig, als er den Drink abholte.
»Daß John Wayne das auch immer getrunken hat.«
»Und was ist da drin?«
»Wirst du erleben.«
Gegen halb eins erreichte die Stimmung in der »Turbine« jede Nacht ihren Höhepunkt. Obwohl

die Musik schon infernalisch hämmerte, unterstützten einige sie noch mit Trillerpfeifen. Sebastian kam kaum noch hinter den Bestellungen her, so viel wurde getrunken.

Dann schrie Markus: »Jetzt geht es los. Björn hat eben einer Blondine Streichhölzer in den Ausschnitt gesteckt.«

Kurz darauf wollte Björn noch so einen Drink. Den dritten schüttete er einem Pärchen in den Aschenbecher. Dann war plötzlich das totale Chaos. Es gab eine Schlägerei, und nur ein paar Minuten später war die Polizei da. Sebastian bekam kaum etwas mit, aber angeblich wurde Björn mit einer blutenden Nase und wild um sich schlagend abgeführt.

»Er hat immer wieder nach einem Rechtsbeistand geschrien«, sagte Markus, als sie später zusammen die Gläser abwuschen. »Dein Geld kriegst du erst am Sonntag. Willst du morgen wieder arbeiten?«

»Ich weiß nicht. Ich weiß ja nicht mal, ob ich morgen in die Schule komme.«

»Kann ich verstehen...« Markus sah ihn an. »Ich würde dir gern was leihen. Aber ich bin auch blank. Kann ich sonst was für dich tun?«

»Nein.«

»Hier nimm wenigstens zehn Mark.«

Markus schob ihm das Geld in die Tasche.

»Danke. Es war sehr lustig hier«, sagte Sebastian.

Jemand schrie, daß Sperrstunde sei, und sie verabschiedeten sich. Draußen auf der Straße standen noch einige zusammen und diskutierten die Schlägerei. Sebastian wußte nicht, in welche Richtung er gehen sollte. Er blieb einen Augenblick bei den anderen stehen und ließ sich eine Zigarette geben.
»Wo hast du die Jacke her?« fragte der Typ, der ihm die Zigarette gegeben hatte.
»Ich hab' einen Schwager, der die importiert«, antwortete Sebastian.
Der Typ hatte sich die Augen mit Kajalstift schwarz gemalt und sah wie eine seltene Fledermaus aus.
»Und was nimmt dein Schwager?«
»Großhandelspreise«, sagte Sebastian.
»Kannst du mir ein paar beschaffen?«
»Vielleicht.«
»Ich stehe morgen und übermorgen auf dem Markt neben dem Ratinger Hof.«
»Da geht sicher was«, sagte Sebastian.
Es mußte geregnet haben. Als er die Straße überquerte, bespritzten ihn die vorbeidröhnenden Autos mit Pfützenwasser. Auf der anderen Seite war ein Park. Er war kaum erleuchtet. Genau der richtige Platz.

Die Bänke waren noch naß, und der Park war anscheinend auch schon von anderen entdeckt worden. Während Sebastian versuchte, auf einer der

Bänke zu schlafen, schlichen immer wieder Gestalten um ihn herum. Er war gerade einen Moment lang eingenickt, als neben ihm die Stimme einer Frau sagte: »Junger Mann! Ich weiß was Besseres als Schlafen. Wie wär's denn mit uns?«
»Ich steh' nicht auf so was«, wehrte er ab.
»Du sollst ja auch nicht auf mich stehen«, hörte er sie kichern. Dann war wieder Ruhe. Nur hin und wieder gab es Geräusche aus den Sträuchern hinter ihm, die er lieber nicht deuten wollte.
Die Nacht kam ihm endlos vor.
Doch bis zum Morgen hatte er wirklich ein bißchen geschlafen. Er wälzte sich zum hundertstenmal frierend von der einen auf die andere Seite, da sah er zwei auf ihn gerichtete Augen. Er erschrak bis in die Fußspitzen. Aber es war nur eine schwarze Katze, die sich in eine Astgabel verlaufen hatte und nicht mehr runterkam.
Er nahm sie in den Arm. Sie miaute und setzte sich auf seinen Schoß. Sie war warm, viel wärmer als alles, was er je gespürt hatte. Schnurrend rieb sie ihren Kopf an seinem Pullover.
»Wir haben heute frei«, sagte er und streichelte sie.
Plötzlich sprang sie von seinem Schoß und verschwand in den Sträuchern, die im hellen Frühlingsgrün standen. Er würde jetzt etwas frühstükken und dann die Lederjacken beschaffen.
Mit den ersten Sonnenstrahlen erwachte das Leben in den Straßen und kehrte auch langsam die

Wärme in seinen Körper zurück. Die unbekannten Geräusche der Nacht und die Ängste, die er gehabt hatte, verflogen im grellen Licht, das jetzt durch die langen Schluchten der Betonwüste fiel. Es war, als beginne auch die Stadt, wieder zu atmen.
Es war Freitag. Die Menschen in den Straßen hatten ein Wochenende vor sich. Man sah es ihren Gesichtern an. Oder war es nur die Tatsache, daß sie aus warmen Wohnungen kamen, wo jemand auf sie wartete?
Er war noch nie in dieser Gegend der Stadt gewesen. Hinter jeder Häuserecke erwartete ihn etwas Neues, das er nie kennengelernt hätte, wenn die Dinge sich nicht so entwickelt hätten.
Aus den Bäckereien duftete es angenehm nach frischem Brot. Er kam an Läden vorbei, in denen Frauen ihre morgendlichen Einkäufe machten, um dann mit vollen Taschen und Plastiktüten zu ihrer Familie zurückzukehren. War es das allein, was das Leben ausmachte? Er würde nie so werden wie sie. Mit einemmal fühlte er sich wie befreit.
Es war jetzt kurz vor acht. Seine Mutter würde gerade aufstehen, an sein Zimmer klopfen und entdecken, daß er nicht da war. Sofort würde sie überall herumtelefonieren und wahrscheinlich auch Saskia anrufen, um zu erfahren, ob sie etwas von ihm gehört hatte.
Er vernahm schon ihre atemlose Stimme, die

alles immer noch viel schlimmer machte. Sie
würde feststellen, daß ihr Haushaltsgeld fehlte,
und dann war alles klar. Er war immer schon ein
labiler Junge gewesen, bei dem man mit Alkohol
und dem Schlimmsten rechnen mußte.
Er versuchte, nicht an Menschen zu denken, die
ihm nahestanden. Weder an Saskia noch an seine
Mutter. Er würde nur das weinende Elend kriegen.
Er war jetzt in einer Gegend, wo kaum Menschen
wohnten. Hier gab es nur Nachtbars, Sexschuppen und Spielsalons. Ein paar Desperados waren
schon wieder dabei, den Kampf mit dem Schicksal aufzunehmen. Er hörte hinter den Scheiben
die unverwechselbaren Geräusche der Automaten. Schlagartig ging ihm auf, daß er keinen Menschen brauchte. Keinen von ihnen brauchte er an
diesem Morgen. Dieses Klimpern und Rattern
war das einzige in der Stadt, was ihn wirklich interessierte.

Markus hatte ihm zehn Mark gegeben. In einer
Imbißstube bestellte er Pommes frites mit
Mayonnaise und trank ein kaltes Bier dazu. Es
war nicht gut für den Magen, aber das Bier machte
ihm Mut, das zu tun, was er tun mußte. Er mußte
sich Geld besorgen. Denn er würde keine kleinen
Spiele mehr machen. Er hatte Profis beobachtet.
Die stiegen ganz groß ein. Nur dann hatte man
eine echte Chance.

Drei Straßen weiter war ein vielstöckiges Warenhaus, das sich über den ganzen Block erstreckte. Freitags um diese Zeit war wenig Kundschaft unterwegs, aber die Verkäuferinnen hatten viel zu tun, um alles für den Ansturm am Wochenende vorzubereiten.

Herrenbekleidung gab es im dritten Stock. Zunächst sondierte er nur das Gelände. Schon nach ein paar Minuten wußte er, welche Verkäuferinnen für die Abteilung zuständig waren. Es gab nur zwei. Sie hatten Firmensticker mit ihren Namen an der Bluse. Die jüngere ging alle paar Minuten ins Lager, um Ware zu holen.

Irgendwann, so dachte er, würde die ältere auch verschwinden müssen. Während er die beiden nicht aus den Augen ließ, schielte er nach den Lederjacken. Es war nicht die gleiche Qualität wie in der Boutique. Aber man konnte sie gut losschlagen. Allerdings gab es noch ein kleines Hindernis: Alle Klamotten hatten Magnetstreifen, die an der Kasse einen Alarmton auslösten. Er mußte sie zuerst entschärfen, was nicht ganz einfach war, obwohl er ein Messer bei sich hatte.

Dann durchkreuzte die eine Verkäuferin seine Pläne. Sie hatte gerade wieder ein paar Kartons Schuhe aus dem Lager geholt, als sie ihn entdeckte und auf ihn zusteuerte. »Kann ich was helfen?«

Er drehte sich zu ihr um und versuchte, ein möglichst harmloses Gesicht zu machen. »Eigentlich

nicht. Ein Freund von mir möchte die gleiche Lederjacke haben wie ich. Aber ich sehe gerade, Sie haben nur Plastik...«
Bei dem Wort Plastik fuhr sie auf. Er mußte sie beruhigen, weil sie immer wieder versicherte, daß ihr Haus nur allerbeste Ware führte.
Drei Minuten später war er mit zwei Lederjacken in der Umkleidekabine verschwunden, wo er die Magnetstreifen heraustrennte. Dann rief er die Verkäuferin: »Kommen Sie bitte mal!«
Sie lugte etwas schüchtern durch den Vorhang.
»Die ist ja blau«, sagte er.
Sie stutzte. »Aber nein. Blaue haben wir gar keine.«
»Blau mag ich nicht. Haben Sie die in Weinrot und eine Nummer größer?«
Sie war völlig verwirrt, und während sie zu den Kleiderständern ging, zog er schnell beide Jacken übereinander an. Sie war noch dabei nach einer weinroten Jacke zu suchen, als er die Kabine verließ. Es gab eine Rolltreppe in der entgegengesetzten Richtung. Er erreichte die Eingangshalle. Ein paar Leute drängten ihm entgegen, als eine Alarmklingel losschrillte. Sie war so laut und durchdringend, daß sie ihm beinahe das Trommelfell zerriß, und er lief los. Irgendwo hinter ihm rief jemand etwas. Doch er war gar nicht gemeint.
Unbehelligt erreichte er die nächste Kreuzung und mischte sich unter die Passanten. Kein

Mensch hätte von ihm Notiz genommen, auch wenn er zehn Lederjacken übereinander getragen hätte.
Es war kurz nach zwölf. Neben dem Ratinger Hof gab es einen Flohmarkt, auf dem Rocker, Punker und Parka-People jeden Freitag mit gebrauchten Klamotten handelten. Vom Ledergürtel bis zum Hundehalsband, vom schrillen Hut bis zur Humphrey-Bogart-Jacke war da alles zu finden. Der Typ von gestern war da. Sebastian gab ihm die Jacken zum halben Neupreis. Er hatte wieder Geld zum Spielen. Diesmal würde er den gesamten Einsatz zurückholen.

12

Schon viele Tage war er nicht mehr zu Hause gewesen. Fast seine ganze Zeit verbrachte er jetzt in Spielhallen. Sie waren sein zweites Zuhause. Es war wie ein Zwang. Er brauchte das Spiel wie die Luft zum Atmen. Spielen verdrängte alle seine Ängste und die Gedanken an andere Dinge wie Schule und Zensuren, Saskia oder seine Mutter. Er hielt es nicht mehr als drei oder vier Stunden ohne die Automaten aus.
Wenn er nicht spielte, kamen irgendwann Zittern, Schweißausbrüche, Herzflattern und Übelkeit. Sein Rhythmus war Spielen und Schlafen, und für die wenigen Stunden, die er schlief, hatte er eine Ruine am Stadtrand gefunden. Wahrscheinlich war dem Besitzer das Geld ausgegangen. Sebastian teilte sich das erste Geschoß mit ein paar Nichtseßhaften. Sie hatten sogar einen kleinen Ofen, mit dem sie die Räume heizten.
Morgens, wenn er aus der Fensteröffnung über den Dunst hinweg in die Berge sah, dachte er an die anderen. Markus, Petzak, Björn und auch Sieber. Sie waren jetzt in Rom und zogen sich antike Kultur, Museen und diesen ganzen Streß rein.
Für ihn spielte Zeit keine Rolle mehr. Wichtig war, wann es morgens ein Bier gab, um sich fürs

erste Spiel locker zu machen. Früher hatte er mal auf Parties geraucht. Nicht auf Lunge, sondern nur so, um einem Mädchen zu imponieren. Jetzt hatte er angefangen, sich regelmäßig Pakkungen zu kaufen. Er wollte niemandem imponieren. Es beruhigte beim Spielen die Nerven.
Er wußte nicht mehr, welcher Wochentag war. Vorgestern war ein guter Tag gewesen, gestern ein schlechter. Mal hatte ihn der Automat verwöhnt, mal hatte er ihn geknechtet und ihm die letzten paar Mark abgezockt. Heute würde er ihn wieder versöhnen. Er würde mit ihm sprechen, ihm schmeicheln, ihn beschwören. Und morgen würde er Glück haben. Er brauchte nur wieder Geld dafür.
Unterwegs in der U-Bahn wurde Sebastian plötzlich schwindlig. Es war, als stünde er unter Drogen. Es dauerte nur ein paar Minuten. Dann war es wieder weg. Er beschloß, für ein paar Stunden nach Hause zu fahren, um sich auszuruhen. Seine Mutter mußte zwar längst bemerkt haben, daß das Geld fehlte. Aber immer um kurz vor zehn ging sie in die Werbefirma, in der sie irgendwelche Seiten zusammenklebte. Mal für Kosmetikwerbung. Mal für Bier, mal für Kondome.
Es war elf Uhr, und sie mußte die Wohnung längst verlassen haben. Er stieg die Treppen hoch und suchte mit der Hand auf dem Zählerkasten. Der Schüssel lag da. Sie würde ihn auch

nach zwanzig Jahren Warten noch für ihn da hinlegen.
Sebastian schloß auf. Die Wohnung war dunkel und kalt. Sie wirkte unbewohnt. In seinem Zimmer hatte sich nichts verändert. Die Plüschtiere hockten auf seinem Bett. Das Eichhörnchen ganz obenauf. Die Mutter hatte die Essensreste weggeräumt. An seinen Computerschrott traute sie sich nicht ran.
Auch im Wohnzimmer war alles beim alten. Nur das Telefon war nicht da. Manchmal nahm sie es mit in ihr Schlafzimmer, wenn sie ins Bett ging. Einen Moment ruhten seine Augen auf dem Sekretär. Sie würde nicht so leichtsinnig sein, wieder Geld in die Bibel zu legen. Aber vielleicht gab es andere Wertgegenstände hier, irgend etwas, das sie nicht gleich vermissen würde.
In diesem Moment hörte er im Schlafzimmer das Telefon klingeln. Sie mußte es leiser gestellt haben. Denn es schnarrte nur, und er zählte die Rufzeichen. Nach dem vierten war Schluß. Und dann hörte er die Stimme seiner Mutter. Sie sprach leise. Sein ganzer Körper erstarrte vor Schreck, und er schloß die Augen. Warum war sie bloß hier? Er fühlte sich in der eigenen Wohnung wie ein Einbrecher. Wieso war sie nicht an der Arbeit? Was war passiert?
Er mußte weg von hier. Wenn sie sich begegneten, würde es zu einer der schrecklichsten Szenen kommen. Auf Zehenspitzen ging er bis zur

Tür und lauschte in den Flur. Sie sprach noch immer. Ihre Worten hatten wieder dieses Atemlose. Er wollte ganz schnell zur Wohnungstür gehen und übersah die Telefonschnur. Sein Fuß blieb darin hängen. Es gab einen Ruck. Dann war es totenstill. Bis seine Mutter mit bebender Stimme sagte: »Hallo! Ist da jemand. Sebastian?«
Sie hatte schon immer Angst vor Einbrechern gehabt. Wenn er jetzt wegging, würde sie in Panik verfallen.
»Mama!«
»Sebastian. Du bist das.«
Es hatte keinen Sinn, jetzt noch wegzulaufen. Sie saß aufrecht im Bett und schien in den vier Tagen um Jahre gealtert zu sein. War das Licht schuld daran, oder waren ihre Haare wirklich grau geworden? Er glaubte zu entdecken, wie sich in ihrem Blick eine Reihe von Gefühlen mischte: Freude, aber auch Verzweiflung und Angst.
Vor allem Angst. Sie hatte den Telefonhörer beiseite gelegt, obwohl immer noch eine Stimme in der Leitung war, der aber jetzt niemand mehr antwortete.
»Mama, da spricht jemand«, sagte er.
»Wie kannst du mir so was antun! Wo warst du? Tu so was nie wieder. Nie wieder, hörst du!«
»Ich habe dir gesagt, ich werde ausziehen. Ich habe etwas gefunden...«

»Nein!«
»Warum nein? Warum sagst du nein, Mama. Wieso bist du überhaupt hier?«
Sie sagte nichts. Die Stimme im Telefon sprach ununterbrochen weiter. Sie schien keine Antwort zu erwarten, so wie niemand auf dieser Welt eine Antwort auf irgend etwas zu erwarten schien.
Mit geschlossenen Augen drehte seine Mutter ihr Gesicht dem heruntergelassenen Rollo zu. Auf ihrem Nachttisch lag eine Menge Arznei, und mittendrin stand eine Wodkaflasche. Sie hatte getrunken.
»Rede mit mir! Sag, wo du warst!«
»Würdest du bitte auflegen«, erwiderte er. »Sonst tue ich es.«
Sie unterbrach den endlosen Redeschwall in der Leitung, indem sie den Hörer auflegte. Sie sah immer noch zum Fenster und sagte: »Sie haben mir gekündigt.«
»Aber warum?«
»Daran bist du schuld.«
»Wieso ich?«
»Ich bin krank. Ich bin deinetwegen krank.« Sie zuckte eigenartig mit den Schultern und wirkte dabei in ihrem halbdurchsichtigen Nachthemd wie ein Schmetterling, der in die Freiheit will, aber den Weg nicht findet, weil er hinter einer Scheibe für immer gefangen ist.
»Du trinkst. Ist das deine Krankheit?«

Sie antwortete nicht.
»Mama, warum trinkst du?«
»Möchtest du, daß ich darüber rede?«
Er sah, wieviel Überwindung sie allein diese Frage gekostet hatte, und nickte.
»Erst ist es wegen deinem Vater gewesen. Als ich schwanger mit dir war. Damals, als du hier drin warst, da habe ich gedacht, wir bekommen ein Kind, und alles ist in Ordnung. Aber dann war dein Vater jeden Tag weg. Er hat damals schon gespielt. Er war nicht mal da, als die Wehen kamen. Ich bin allein ins Krankenhaus gefahren. Es war eine schreckliche Geburt. Ich hatte Schmerzen. Ich war allein mit einem Arzt, der immer nur gesagt hat, ich solle tapfer sein. Wie soll man tapfer sein, wenn man weiß, daß der Mann in der Kneipe sitzt und alles verspielt? Als ich ihm sein Kind gezeigt habe, hat dein Vater nur gelacht. Drei Tage später war er weg…«
Sie machte eine Pause, und er fühlte, wie er sich innerlich zusammenzog.
»Ich war so verletzt. Es tat so weh. Ich konnte nicht mehr lesen, nicht mehr schlafen und habe nur noch diesen Gedanken im Kopf herumgewälzt, daß er mich verraten hat. Nicht mal an eine andere Frau. An tote Gegenstände. Die Automaten. Das Spiel war ihm wichtiger als sein eigenes Kind. Weißt du, wie das ist?«
»Vielleicht«, sagte Sebastian, der sich neben sie aufs Bett gesetzt hatte.

»Vielleicht hätte ich mich nicht so an ihn hängen sollen, vielleicht..., aber ich fühlte mich so allein. Damals bin ich in die Kneipe gegangen. Das hätte ich nicht tun sollen, ich weiß. Doch da waren Menschen, es wurde geredet, und es gab ein paar Frauen, die so was Ähnliches durchgemacht hatten. Ich weiß noch, wie ich zum erstenmal einen Schluck Alkohol getrunken habe. Er schmeckte widerlich. Aber er machte die Dinge einfach. Ich hab' ja nicht gewußt, was das heißt, wenn man jedesmal ein wenig tiefer in die Flasche guckt, um sich zu betäuben...«
»Du solltest aufhören, Mama.« Er wollte die Flasche vom Nachttisch wegnehmen. Aber er sah, daß sie leer war.
»Weißt du jetzt, warum ich solche Angst um dich habe? Du warst oft mit in der Kneipe. Aber du erinnerst es nicht mehr. Später habe ich hier getrunken. Heimlich. Vor allem, weil ich mir Sorgen um dich gemacht habe. Ich wußte, eines Tages wird die Zeit kommen, mit dir darüber zu reden.«
»Mama!«
»Ja?«
»Ich weiß es bereits seit ein paar Tagen, und ich wünschte, du würdest es lassen.«
Sie fing jetzt an, leicht zu zittern. Es war wie Schüttelfrost. Sie hielt seine Hand ganz fest, und Sebastian spürte, wie ihr ganzer Körper von Panik ergriffen wurde. Langsam ließ er sie ins Kissen

zurücksinken und dachte, daß er bis vor ein paar Tagen nie etwas davon gemerkt hatte. Sie war nie wirklich betrunken gewesen, hatte auch nicht gelallt wie andere. Oder hatte er es die ganze Zeit geahnt und hatte es nur nicht wahrhaben wollen? Sie rang jetzt nach Luft.
»Bitte geh nicht weg. Du bist alles, was ich habe...«
»Ich gehe nicht. Niemals«, sagte er und wußte, daß es eine Lüge war. Er strich ihr mit der Hand über die Haare, von denen ein paar an der Stirn klebten.
»Du wirst doch eines Tages gehen«, sagte sie mit sehr leiser Stimme.
»Und wenn ich das nicht will?«
Sie antwortete nicht. Er fühlte ihren Puls, der viel zu schnell war. Einmal bekam sie keine Luft. Dann wieder klammerte sie sich an ihn und keuchte: »Ich habe auch deinetwegen soviel getrunken.«
Er wollte einen Arzt rufen. Doch sie hielt ihn fest. »Nein, keinen Arzt!«
»Aber wenn es dir schlecht geht...«
»Hol mir meine Tabletten. Bitte! Das Rezept liegt hier, und das Geld ist in der Bibel. Du weißt, wo.«
Er erschrak. Sie hatte gar nicht mitbekommen, daß das Haushaltsgeld nicht mehr an seinem Platz war. Er kannte ihr Leiden. Aber sie kannte seins nicht.

»Ich hole dir deine Medizin.«
»Kommst du auch gleich wieder?« fragte sie.
»Ja, Mama.«

Natürlich war nichts in der Bibel. Aber in ihrer Handtasche fand er etwas: die Scheckkarte. Ihre Geheimnummer hatte sie in ein kleines Notizbuch geschrieben, in das sie alles notierte, seit, wie sie behauptete, ihr Gedächtnis nicht mehr so gut funktionierte.
Der Geldautomat war nur einen Steinwurf von ihrer Wohnung entfernt. Er führte die Karte ein, tippte die Nummer und zog vierhundert Mark. Direkt gegenüber war eine Apotheke. Ihre Arznei, ein schweres Beruhigungsmittel, kostete nicht einmal zehn Mark.
Das Leben ist manchmal ein dummer Witz, dachte er, als er die Treppe raufhastete. Vielleicht hatte er damals auf ihren nächtlichen Ausflügen zum erstenmal Bekanntschaft mit Automaten gemacht. Vielleicht hatte sie ihm sogar die erste Mark zum Spielen gegeben, sie, seine Mutter, die ihn angeblich so liebte.
Er löste ihr das Mittel in einem Glas Milch auf. Sie trank es in kleinen Schlucken, mußte husten, und ein Teil der weißen Flüssigkeit lief an ihrem Kinn herunter und über das Laken. Er wischte alles mit einem Kleenex-Tuch weg.
»Schämst du dich, wenn du deine Mutter so siehst?« sagte sie leise.

»Niemals«, antwortete er.
Ihr Atem ging röchelnd, wurde langsam ruhiger. Dann schlief sie. Er verließ die Wohnung. Erst auf der Straße wurde ihm bewußt, daß er dabei war, seiner Mutter einen ungeheuren Schaden zuzufügen. Doch er konnte nicht zurück. Er konnte vor allem nicht dort oben neben ihrem Bett sitzen und untätig zusehen, wie sie ihr Leben immer mehr zerstörte. Sie hatte ihren Job verloren. Jetzt war es an ihm, etwas für die Familie zu tun. Schon immer war es so gewesen: Wenn sie schwach war, fühlte er sich stark.
Er würde das Geld für sie verdienen. Vielleicht brauchte sie dann nie wieder zu arbeiten.
Im Westend gab es zwei Spielhallen mit einem Automatentyp, dessen Steuerprogramm man überlisten konnte. Er hatte diesen Tip von einem Bekannten erfahren. Dagewesen war er noch nie.
Mit Aussicht auf einen größeren Gewinn nahm er sich ein Taxi.
Heute abend würde er seiner Mutter das Geld zurückbringen und ihr einen riesigen Strauß Blumen neben das Bett stellen. Morgen konnte sie dann gesund sein. Und wenn alles klappte und sie sich keine Sorgen mehr über ihn machte, brauchte sie nicht mehr zu trinken, und er konnte all ihre Flaschen vernichten.
Er zahlte den Fahrer und betrat die Halle. Drüben hing der Automat Typ Mercury Disc. Ein Junge,

etwa in seinem Alter, spielte daran. Sebastian beobachtete ihn. Der Junge kam nicht auf ein einziges Sonderspiel und verließ ziemlich frustriert den Laden.
Jetzt hatte er den Automaten für sich. Er ließ zunächst ein Markstück und dann einen Fünfer in den Münzschlitz gleiten. Dann hielt er sein Ohr an den Führungskanal und horchte, wie die Münzen mit einem leisen »klong« landeten. Der Kasten war randvoll. Es lohnte sich also. In zwei Stunden konnte er ihn rasiert haben.
Sein Gefühl der Freiheit dauerte nur kurz. Vier Stunden später hatte er noch genau zehn Mark, und als er Nachschub holen wollte, blieb die Euroscheckkarte im Automaten stecken.
Heute keine Auszahlung, stand auf dem Monitor. Das Konto seiner Mutter war gesperrt. All seine Träume stürzten in ein bodenloses Nichts, und eine abgrundtiefe Niedergeschlagenheit befiel ihn. Nicht nur der Automat hatte ihm eine Kränkung beigebracht. Die Welt hatte ihm gezeigt, daß sie ihn nicht brauchte. Er war nutzlos. Er war wieder genau an dem Punkt, wo er vor vielen Tagen angefangen hatte. Nur daß er viel Geld und unendlich viel Zeit verloren hatte.
Er kannte diesen Zustand schon. Aber diesmal traf er ihn schlimmer als die letzten Male.
Wenn das Konto gesperrt war, würde seine Mutter morgen nicht einmal mehr etwas zum Essen

haben. Er ging, ohne sich umzusehen, zwischen hupenden Autos über die Straße und hoffte, jemand würde ihn überfahren und alles würde zu Ende sein. Aber er kam auf der anderen Seite an. Es war wie ein Wunder. Ein Gott, so es noch einen gab, hatte ihm eine Galgenfrist gegeben. Jemand rief seinen Namen.

Die Stimme war sehr weit entfernt. Erst wollte er nicht glauben, daß er wirklich gemeint war. Doch dann kam sie näher, und er sah Saskia. Sie mußte schon eine Weile hinter ihm hergelaufen sein. Sie war völlig außer Atem und sah dabei sehr schön aus.

»Was rennst du so?« sagte sie keuchend.

»Ich renne doch nicht. Du rennst.«

»Weil du rennst...«

Es ist schon verrückt, dachte er bei ihrem Anblick. Selbst die trostloseste Umgebung kann ihr nichts anhaben. Niemals würde er verstehen können, daß nicht alle Männer dieser Erde nur sie liebten. Einen Engel...

»Hey!« sagte er leise und konnte seine Augen gar nicht von ihr lassen.

»Hey!« erwiderte sie. »Weißt du überhaupt noch meinen Namen?«

»Änderst du ihn so oft?«

»Sag mal, bist du noch normal. Seit Tagen suchen dich alle, und du... was tust du hier? Bist du noch zu retten?«

»Ich weiß nicht. Ich kann es dir nicht sagen. Ich

kann es dir wirklich nicht sagen. Wenn ich es wüßte, ging es mir sicher besser.«
Sie küßte ihn.
»Geht es dir jetzt besser?«
»Ja. Sehr viel besser.«
»In der Schule sagen sie ganz verrückte Sachen von dir. Du hättest Geld gestohlen...«
»Wie hast du mich überhaupt gefunden?«
»Indem ich alle Spielhallen dieser Stadt abgeklappert habe. So eine Scheiße! Ich bin schon vier Stunden unterwegs. Deine Mutter ruft dauernd bei uns an. Sie stirbt vor Sorgen.«
»So schnell stirbt man nicht.«
»Sebastian, weißt du, was ich mir überlegt habe? Du bist krank. Du bist richtig krank.«
»Ich bin nicht krank«, sagte er.
»Doch, Sebastian. Doch. Ich hab' mich erkundigt. Das, was du tust, ist krank. Bei dir ist das richtig zwanghaft. Ich hab' doch gesehen, wie deine Finger zittern, wenn du nicht spielst. Sebastian, ich würde dir gern helfen. Aber dazu muß ich mit dir reden.«
»O. k. Dann rede.«
»Aber nicht hier. Weißt du noch die Wiese, wo wir manchmal waren?«
»O. k. Ich kann dir nur nicht versprechen, daß es was bringt.«

Sie gingen ein Stück bis zur nächsten U-Bahn und fuhren einige Stationen aus der Stadt heraus

Draußen auf dem Land war die Natur noch nicht so weit. Das erste Grün der Buchen zeigte sich an den Zweigen, während das alte Laub noch unter ihren Schritten raschelte. Sie gingen durch ein Waldstück. Hinter den Bäumen schimmerte es hell. Sebastian kannte die Stelle, und doch erschlug es ihn jedesmal fast wieder, so überwältigend war der Anblick, wenn man aus dem Wald herauskam. Vor ihnen lagen die Alpen, so klar, als könnte man sie greifen und sich den Schnee von den Spitzen holen.
Darüber wölbte sich ein Himmel im tiefsten Blau, das er je gesehen hatte. Und mitten darin gab es ein paar weiße Wolken. Sie hatten die ovalen Formen von fliegenden Untertassen.
»Da sind die Überirdischen wieder«, sagte er.
Saskia setzte sich. Er riß einen Grashalm aus, setzte sich neben sie und gab mit dem Grashalm einen häßlichen Ton von sich.
»Ich träume manchmal, daß ich fliegen kann. Die Luft ist ganz warm und voll von Licht. Ich breite die Arme aus und steige hoch hinauf. Stell dir vor, du könntest nach Süden fliegen. Italien. Spanien. Du legst dich auf den Wind, wie die Vögel, und gleitest über die Spitzen der Berge. Keiner könnte dir was anhaben. Du siehst auf alle herab...«
»Warum willst du fliegen? Du bist ja längst weg«, erwiderte sie.
»Du meinst, weil ihr ein paar Tage nichts von mir gehört habt?«

»Nein. Ich meine ganz etwas anderes. Du hättest mit der Klasse nach Rom fliegen können. Aber du schmeißt alles hin. Du versaust dir dein ganzes Leben. Du wirst es eines Tages bereuen. Sebastian, was ist mit dir los? Liegt dir auch nichts an mir?«
»Doch.«
Er blies den Grashalm in die Luft und sah ihm nach.
»Kapierst du nicht, was ich meine? Du bist dabei, dein Leben einfach so wegzuwerfen. Und die anderen Leute mit dir. Deine Mutter ist krank, sie ist richtig krank, weil sie Angst um dich hat. Meinst du, sie merkt nicht, was mit dir los ist?«
»Nur weil ich ein bißchen spiele?«
»Du spielst nicht. Du setzt alles aufs Spiel. Du hast die Kasse genommen. Gut. Und wovon willst du morgen spielen? Übermorgen und überhaupt? Hast du mal an die Zukunft gedacht? Ich verstehe dich nicht mehr. Ich verstehe überhaupt nichts mehr an dir.«
Ihre Stimme klang sehr verzweifelt, aber es berührte ihn nicht wirklich. Ein warmer Wind kam von den Bergen, und er sah im Geiste, wie die eigenartigen Flugkörper sich lautlos auf die Wiese senkten.
»Ich habe mich vor zwei Tagen mit Thomas getroffen...«
Sie sagte es beiläufig, aber er spürte, wie sie ihn

von der Seite her ansah, um seine Reaktion zu testen.

»Welchen Thomas?«

»Den mit dem Sportwagen. Du hast ihn ein paarmal gesehen.«

»Diesen Schlaffzahn mit dem Gel Royal in der Tolle. Wie viele Stunden braucht der eigentlich morgens für seine dämliche Frisur?« Sebastian sprach ganz kühl.

Und Saskia sprang auf. »Ich hasse dich. Ich hasse die Art, wie du über andere sprichst. Er hat mich für die Sommerferien eingeladen. Sie haben ein Ferienhaus in der Provence. Und ich werde mitfahren...«

In seiner Kehle fühlte Sebastian etwas hochsteigen, so ähnlich, wie wenn man weinen wollte, es aber nicht konnte. Es war kein richtiger Schmerz, aber es verband ihn mit der Erinnerung an die Zeit, wo er vor Eifersucht noch fast rasend geworden war. War diese Zeit vorbei?

»Liebst du ihn?« fragte er.

»Ich weiß gar nichts mehr. Ich weiß nicht einmal mehr, ob ich dich jemals gemocht habe. Du bist nicht mehr der, den ich kenne. Und das sage ich nicht allein. Das sagen alle.«

Sie stand vor ihm, und ihr schräger Schatten fiel über die Wiese fast bis zum Waldrand hinauf. Es war schon ziemlich spät.

»Schade«, sagte er und zuckte mit den Schultern. Die ovalen Föhnwolken waren dunkler geworden

und sahen immer mehr wie Ufos aus. Gleich mußten sie landen. Fremde Wesen würden aussteigen, über die Wiese kommen und ihn holen.
»Ich möchte einmal, daß du dich siehst, wenn du in so einer Spielhalle stehst. Ich glaube, du müßtest dich übergeben«, sagte Saskia.
»Vorsicht!« sagte er. »Ihr Spießer könnt doch so was gar nicht beurteilen.«
»Danke. Das reicht. Mir dir kann man nicht reden. Du kannst nicht mal die kleinste Kritik vertragen. Ich werde dich nicht noch einmal belästigen... Ciao!«
Ihr Schatten wirkte wie der eines langbeinigen Insekts, das durchs Gras geht. Er blieb sitzen und blickte ihr nach. Es war ganz ruhig, eine Stille, wie man sie in der Stadt kaum erlebte. Man sah kein Haus, keine Autos. Nur Natur. Sonst nichts. Die Wolken waren jetzt fast schwarz und flogen dem Horizont zu. Sie würden nicht mehr landen und ihn mitnehmen. Heute würde niemand mehr kommen. Auch wenn er gerufen hätte. Saskia war längst weg.
Er saß noch da, als es bereits dunkel wurde. Er hatte noch zehn Mark. Das waren dreißig Spiele, dreißigmal die Chance, in die Risikoleiter zu kommen. Risiko. Das hieß das Doppelte gegen das Nichts. Es war wie ein Zauberwort, und manchmal dachte er, wenn es das Risiko nicht gäbe, vielleicht würde er nie diesen Rausch erleben.

Zehn Mark. Das war nichts. Aber alles, was er an diesem Abend hatte. Es war genug, um vielleicht ein Vermögen daraus zu machen. Und das Glück war ihm eine Menge schuldig geblieben.

13

Es war Mai. Ein konstantes Hoch über Mitteleuropa sorgte schon seit Tagen für Sommerwetter. Sebastian bekam nicht viel davon mit. In einem Schließfach im Hauptbahnhof hatte er sein Lager mit Lederjacken, Gürteln und Szeneklamotten.
In letzter Zeit wurde das Beschaffen von Geld immer schwieriger. Nachdem ihn jemand denunziert hatte, war das Geschäft mit einer alten Fliegerjacke hochgegangen.Er hatte gerade noch verschwinden können. Aber die Polizei hatte Wind bekommen, und viele Kunden waren abgesprungen. Auch mußte er die Läden wechseln, da die Verkäuferinnen ihn schon kannten.
Aus Sicherheitsgründen wechselte er neuerdings auch die Spielhallen. Die Polizei kontrollierte in letzter Zeit immer öfter und ließ sich wegen des Alters die Ausweise zeigen.
Auch die Schlafplätze änderte er. Es war jetzt warm genug, um in Parks zu nächtigen, und man war morgens schneller am Arbeitsplatz.
Er fühlte manchmal, daß es mit ihm immer weiter nach unten ging. Seine Ausfälle häuften sich. Er hielt es kaum mehr als zwei Stunden aus, ohne zu spielen. Ihm wurde übel, und er hatte Atemnot. Dazu überfiel ihn das Gefühl, daß er beim

Überqueren der Fahrbahn die andere Straßenseite nicht erreichen würde. Ihm war schwindlig, er schwitzte wie ein Idiot und hatte Angst, nie wieder eine Straße überqueren zu können.
Trotzdem verdrängte er immer perfekter alles, was früher gewesen war. Nur wenn er einen von den alten Freunden getroffen hätte, wäre er daran erinnert worden. Dem ging er aus dem Weg.
Bis es dann doch passierte.
Er kam gerade von einer Spielhalle am Hauptbahnhof und bog in die Fußgängerzone, als er Markus sah. Sie liefen beide genau aufeinander zu, und er konnte seinem Freund nicht mehr ausweichen. Ein paar Sekunden standen sie da und sahen sich an.
Markus sprach als erster. »Das gibt's doch nicht. Sebastian...!«
»Wie du siehst, gibt es mich noch«, entgegnete er.
»Wenn ich das den anderen erzähle, glaubt es mir keiner. Was treibst du? Was ist mit dir los gewesen? Hast du alles hingeschmissen?«
»Die Schule schon«, sagte Sebastian.
»Du siehst aber nicht gut aus...«
»Wer tut das schon?«
»Ich hab' ein paarmal bei dir zu Hause angerufen. Aber deine Mutter wollte nicht sagen, wo du bist. Übrigens weißt du, daß deine Freundin Saskia...« Markus sprach plötzlich nicht mehr weiter, als hätte er schon zuviel gesagt.

»Was ist mit Saskia?«
»Ich glaube, sie hat einen neuen Freund.«
»So einer mit einer Tolle im Haar?«
»Lieber eine Tolle im Haar, als eine Schüchterne im Bett.«
»Sehr witzig.« Sebastian fühlte einen Stich im Herzen. Doch er ließ sich nichts anmerken. »Siehst du sie manchmal?«
»Im Ratinger Hof. Jedenfalls läuft bei denen das große Schmuseding.«
»Und dein Liebesleben?«
»Ein Elend«, sagte Markus grinsend. »Ich arbeite zuviel. Wir haben alle gedacht, du bist ins Ausland abgehauen.«
»Und wie kommt ihr darauf?« fragte Sebastian.
»Weil ... ja, weißt du das nicht?«
Die ganze Zeit über war ihr Gespräch wie auf einem schmalen Grat verlaufen. Sie hatten sich abgetastet. Markus hatte ihn nicht gefragt, was er tat, und er hatte von Markus nicht wissen wollen, wie die Romreise gewesen war.
»Das weißt du wirklich nicht?«
»Was soll ich denn wissen?« sagte Sebastian.
»Gestern war die Polizei in der Schule. Sie haben mit Sieber und dem Direktor gesprochen.«
»Mit Sieber?« Sebastian sah sich um, als könnte einer der Passanten ihr Gespräch mithören. »Und was wollten sie?«
»Ich kann dir nur sagen, was ich gehört habe«, sagte Markus. »Irgendeine Frau hat behauptet, du

hättest in ihrer Boutique eine Lederjacke gestohlen. Sie hat dich auf einem alten Klassenfoto wiedererkannt.«
»Diese Ziege!« sagte Sebastian. »Soll sie besser aufpassen. Du, wir sehen uns bestimmt mal irgendwann in der ›Turbine‹.« Sebastian wandte sich zum Gehen.
Doch Markus hielt ihn zurück. »Scharneck hat nach dir gefragt. Er will unbedingt, daß du für ihn in einer Mannschaft spielst. Der Typ glaubt an dich. Er sagt, ihm sei es ganz egal, was du machst. Aber du seist ein Riesentalent.«
»Da ist er ganz schön allein auf der Welt«, murmelte Sebastian.
Markus wühlte jetzt etwas verlegen in seiner Hosentasche. »Sag mal, du brauchst doch sicher wieder Kohle.«
»Nein.«
»O.k. Komm doch mal in die ›Turbine‹. Ich bin immer noch jeden Abend da.«
»Mach's gut!«
Sie umarmten sich, und plötzlich ließ Markus ihn los und gab ihm einen Kuß. Es kam so überraschend, daß Sebastian noch eine Weile dastand und ihm nachsah, wie er davonging in seiner etwas steifen, korrekten Art. Er war also noch immer sein Freund.

Schon am Nachmittag hatte es sich bezogen. Jetzt fing es ganz leicht an zu nieseln. Er hatte

eine Mütze in der Tasche. Auch sie hatte er irgendwo mitgehen lassen. Er zog sie auf und ging ohne bestimmtes Ziel durch die Straßen. An manchen Tagen schien die Stadt endlos zu sein. Immer wieder kam er durch neue Viertel.
Obwohl der Regen stärker wurde, gab es ein paar Cafés, in denen die Leute noch unter Schirmen im Freien saßen. Es waren vor allem Ausländer, Türken oder Jugoslawen, die laut miteinander redeten und gestikulierten. Man erkannte sie sofort. Sie waren anders, herzlicher, ungehemmter und kamen mehr aus sich heraus, wenn sie miteinander sprachen.
Er hätte gern zu ihnen gehört.
Direkt hinter einer alten Kirche in dem Ausländerviertel war ein Friedhof. In den letzten Tagen hatte er oft an den Tod gedacht, vor allem, wenn er nachts schlaflos lag und die Gedanken ihn aushöhlten. Manchmal hatte er Todesangst gehabt und gespürt, wie seine Haare sich sträubten. Aber morgens war alles wie weggeblasen gewesen, und er hatte nur an das nächste Spiel gedacht. Spielen ersetzte ihm immer mehr das Leben.
Auf dem Friedhof herrschte eine richtige Totenruhe. Nicht einmal Vögel sangen hier. Unvorstellbar, daß die Toten, die hier unter der Erde lagen, einmal genauso gefühlt hatten wie er. Daß sie jemanden geliebt hatten, Kinder gekriegt und sich über diesen ganzen täglichen Kram aufgeregt hatten.

Sebastian überlegte, ob ihre Seelen wohl noch da waren, ob sie etwas fühlten, ob sie sich unterhalten konnten oder sich vielleicht nur langweilten.

Vor zwei Monaten war ein Junge aus seiner Parallelklasse beim S-Bahn-Surfen tödlich verunglückt. Die ganze Schule war auf seiner Beerdigung gewesen. Eltern, Mitschüler und Lehrer hatten sich verstohlen Tränen aus den Augen gewischt. Dabei hatten die meisten diesen Typen nicht mal besonders sympathisch gefunden.

Aber der Tod ließ das vergessen.

Würden sie bei seinem Tod auch alles vergessen, was er getan hatte? Wer würde dann weinen? So wie die Dinge lagen, niemand. Nicht Saskia und auch nicht seine Mutter, die sich bei Schicksalsschlägen in den Alkohol flüchtete.

Er hatte noch dreißig Mark. Draußen im Westend gab es ein paar Spielhallen, in denen er lange nicht mehr gespielt hatte. Am Josephsplatz war die nächste U-Bahn-Station. Er fuhr die Rolltreppe runter.

Ein Zug war gerade abgefahren, und der Bahnsteig war ziemlich leer. Zwei Frauen standen da und wisperten miteinander. Er dachte, was sie wohl machen würden, wenn er sich jetzt auf die Schienen werfen würde. Würden sie hysterisch schreien, ihn zu retten versuchen oder vor Schreck erstarren? In diesem Augenblick kam die U-Bahn.

Ins Westend mußte er einmal umsteigen. Er sah auf den Plan an der gewölbten Decke des Wagens. Da stiegen noch drei Personen zu. Zwei Männer und eine Frau.
Er hätte sie überall erkannt. Er hätte sie sogar im Stockdunkeln gerochen. Nur einen winzigen Augenblick lang hatte er nicht aufgepaßt, und jetzt war es zu spät.
»Die Fahrkarten bitte!« sagte der eine.
Sie waren am entgegengesetzten Ende des Wagens reingekommen. Doch da es nur wenige Passagiere gab, würden sie gleich bei ihm kontrollieren. Er stellte sich direkt neben die Tür und wartete, bis der kleinere der beiden Männer an ihn herantrat.
»Dürfte ich bitte Ihre Fahrkarte sehen?« sagte er freundlich.
»Ich hab' keine«, antwortete Sebastian.
Der Mann stutzte. Er schien es gewohnt zu sein, daß die Schwarzfahrer erst mal herumdrucksten und sich Ausreden ausdachten.
»Aber Sie wissen doch, daß das sehr teuer wird«, sagte er dann mit einer belehrenden Miene. »Bitte Ihren Ausweis.«
»Hab' ich auch nicht...«
Der Kontrolleur zog einen Block aus seiner Tasche und schrieb etwas. Jetzt fuhr der Zug in die nächste Station ein. Sebastian sah die farbigen Malereien an den Wänden. Königsplatz.
Jemand machte die Tür auf, und er stürzte nach

draußen. Er entschied sich für rechts, rannte eine junge Frau fast über den Haufen. Dann war Platz. Die Rolltreppe war verstopft. Also nahm er die andere Treppe. Schon auf den ersten Stufen fühlte er, daß sie immer noch hinter ihm waren. Er hatte das Ende der Treppe erreicht und sie nicht abschütteln können. Nur den Bruchteil einer Sekunde zögerte er. Das nutzten sie, um ihn einzukreisen. Der eine packte ihn von hinten, der andere kam von vorn.
Sebastian schlug nach allen Seiten um sich. Er fühlte eine solche Wut in sich, daß er es mit der halben Welt aufgenommen hätte. Er mußte den einen von ihnen getroffen haben. Denn der andere, der ihn von hinten umklammert hielt, wurde mit einemmal ziemlich brutal. Er trat ihm heftig ins Kreuz, und der Schmerz war so gemein, daß Sebastian zu Boden ging.
Dann kniete der Typ auf ihm. Sebastian konnte sich nicht mehr rühren. Ein paar Passanten genossen das Schauspiel und jemand sagte: »Gut, daß sie die mal schnappen!«
Sie nahmen ihn in die Mitte und gingen nach oben.
Der eine von ihnen tupfte mit einem Tuch immer wieder die Stelle ab, wo Sebastian ihn getroffen hatte. Sebastian bedauerte, daß das passiert war. Er hatte es nicht gewollt. Was konnten diese Männer dafür, daß sie so einen Job hatten. Und vor allem, was hatten sie damit zu tun, daß er so

geladen war? Sie wußten nicht, daß er in den letzten Tagen an den Automaten kein Glück gehabt hatte.

»Und du bleibst dabei, du hast keinen festen Wohnsitz«, sagte der Polizeibeamte, der auf einer uralten Schreibmaschine herumhackte.
Sebastian schwieg. Er hatte seinen Namen genannt, und damit sollten sie sich amüsieren. Schließlich hatten sie ja Computer, die ihnen über jede Fliege in dieser Stadt alles erzählen konnten. Sein Delikt hieß »Beförderungserschleichung«. Ein idiotisches Wort. Sebastian sah sich um. Auf der anderen Seite der Amtsstube stand ein Mann nur in einer Unterhose. Er erzählte irgendwas von seinem Vater, der ihn vom Balkon gestoßen hatte. Die beiden Polizisten, die ihn vernahmen, schienen es lustig zu finden.
Jetzt kam ein Mann mit einem Computerauszug. Er wandte sich dem Beamten an der Schreibmaschine zu. »Hier haben wir den Jungen. Fischer, Sebastian..., wohnhaft Ledererstraße 10... Seine Eltern leben schon seit Jahren getrennt...«
»Du hast also doch einen Wohnsitz«, sagte der Beamte. »Warum erzählst du uns das nicht?«
»Weil meine Mutter nicht weiß, wo ich bin. Ich möchte nicht, daß sie...«
»Da ist eine Notiz«, unterbrach ihn der Mann und legte dem anderen das Blatt hin.

»Du heißt Sebastian Fischer. Stimmt's?« sagte der Polizist an der Schreibmaschine.
»Das hab' ich Ihnen schon vor einer Stunde erzählt.«
»Du solltest nicht ganz so vorlaut sein. Hier liegt nämlich eine Anzeige vor. Vom 31. März dieses Jahres. Du sollst in einer Boutique eine Lederjacke mitgenommen haben. Es gibt eine Zeugin dafür. Du bist erst sechzehn?«
Sebastian schwieg.
»Das mit der U-Bahn ist nicht so schlimm. Aber mit der Lederjacke bekommst du Ärger. Ich kann dich nicht einfach so gehen lassen. Wir müssen deine Mutter benachrichtigen.«
»Muß das sein?« fragte Sebastian.
Der Beamte hatte bereits den Hörer aufgenommen.

Nach einer Ewigkeit tauchte sie auf. Sie beachtete ihn kaum und blinzelte die Beamten an, als hätte sie lange Zeit im Dunkeln verbracht. Sie hatte ihre Blässe überschminkt und wirkte sehr schön. Man sah ihr wirklich nicht an, daß sie trank. Eher, daß sie unglücklich war. Aber gerade das verlieh ihr einen Ausdruck, hinter dem man ihre Willenskraft spüren konnte.
Jetzt trafen sich ihre Augen. Zum erstenmal seit langem entdeckte Sebastian nichts von einer Anklage in ihrem Blick. Seine Mutter stand da, leicht fröstelnd in einem dünnen grauen Mantel, und

sah ihn nur unendlich nachsichtig an. Nur einen Moment kam ihm der Gedanke, das könnte Theater für die Polizisten sein.
»Was tust du? Was, um Gottes Willen, tust du?« fragte sie ihn.
»Bitte, laß Gott da raus. Er hat nichts damit zu tun«, sagte er. »Ich bin ohne Karte gefahren. Willst du dich nicht setzen?«
»Nein, ich möchte lieber stehen«, antwortete sie und wandte sich an den Beamten. »Ist das denn ein Verbrechen, wenn er mal vergißt, eine Fahrkarte zu lösen?«
Der Polizist druckste etwas herum. Dann sagte er: »Deswegen ist er eigentlich gar nicht hier. Ihr Sohn wird beschuldigt, eine Lederjacke gestohlen zu haben. Und wir vermuten, daß es nicht bei einer geblieben ist...«
Sebastian sah zu Boden. Er fühlte den Blick seiner Mutter. Alles, was sie von ihm wußte, war nichts gegen das, was sie noch von ihm erfahren würde. Sechzehn Jahre kannten sie sich und wußten doch nichts voneinander. Würde sie schockiert sein? Würde sie weinen? Würde sie ihn anschreien?
Es geschah nichts von alledem. Er hörte sie mit sehr fester und bestimmter Stimme sagen: »Ich kann mir nicht vorstellen, daß mein Sohn so etwas tut. Das sind doch reine Mutmaßungen. Wenn Sie so etwas Unglaubliches behaupten, müssen Sie das beweisen.«

Ein weiteres Protokoll wurde aufgenommen, in dem ein ganzer Roman über seine Herkunft und seine schwere Jugend stand, und sie schaffte, was er nicht für möglich gehalten hätte: Er durfte gehen. Seine Mutter mußte sich dafür verbürgen, daß er sich für eine Gegenüberstellung mit der Verkäuferin jederzeit zur Verfügung halten würde.

Auf der Fahrt nach Hause sprachen sie kein Wort. Sebastian ging gleich in sein Zimmer, schloß ab und legte sich aufs Bett.
Vor lauter Erschöpfung mußte er eingeschlafen sein. Gegen Morgen träumte er wieder vom Fliegen. Er stieg von einer Klippe in das Violett des Himmels auf, das von lauter Goldstaub erfüllt war. Er schloß vor Glück die Augen und wurde in unglaubliche Höhen emporgetragen.
Alles begann sich aufzulösen. Alle Angstgefühle fielen von ihm ab. In diesem unendlich weiten atmenden Licht zog er Kreise wie ein Adler. Dann öffnete er die Augen, und unter ihm schmolz die Erde zu einer kleinen Spielzeugwelt zusammen.
Er erwachte. Er hatte das Paradies wieder verloren und war sehr enttäuscht, wie grau und nüchtern das Licht der Wirklichkeit war.
Es war heller Vormittag. Es roch nach Kaffee. Seine Mutter saß schon lange am Frühstückstisch und erwartete ihn.

»Gut geschlafen? Da steht alles. Bitte, nimm dir!«
Schon seit jeher war sein Platz ihr gegenüber gewesen. Gestern auf der Fahrt vom Polizeirevier mit der U-Bahn hatten sie jedes Wort, jeden Blick vermieden. Einmal hatte er einfach weglaufen wollen, nur um ihr nicht ins Gesicht sehen zu müssen.
Jetzt mußte er sie ansehen.
Sie goß ihm Kaffee ein. Gerade hatte er einen Schluck genommen, als auch schon die unvermeidliche Frage kam: »Hast du mir nicht irgend etwas zu erzählen?«
Hastig nahm er noch einen Schluck und starrte auf das Tischtuch. »Du meinst, wo ich die ganze Zeit war?«
»Wo du mit meinem Geld geblieben bist. Ich meine auch, was mit dir los ist und wofür du soviel Geld brauchst. Du hast doch immer alles bekommen. Warum bestiehlst du mich? Ich habe ja nicht geahnt, daß du die Lederjacke gestohlen hast... Was ist mit dir? Was habe ich falsch gemacht?«
Das Zimmer füllte sich mit fast greifbarem Schweigen, und als es unerträglich zu werden drohte, sagte er: »Es hat nichts mit dir zu tun.«
Er hatte geahnt, daß ein Ausbruch bevorstand. Nur wußte man bei ihr nie genau, wann er kommen würde. Das leichte Zittern ihres Mundes kündigte ihn an.

»Es hat nichts mit mir zu tun. Was hat nichts mit mir zu tun? Es hat alles mit mir zu tun. Du hast mich bestohlen. Du hast mich belogen. Du hast... mein Gott, was soll ich sagen. Wie kann der einzige Mensch, den ich liebe, mich so verletzen?«

»Ich habe das Geld verspielt, Mama.«

Ihr Gesicht war völlig ausdruckslos. »Was hast du gesagt?«

»Ich habe das Geld verspielt. Ich weiß nicht, was es war und ob du es jemals verstehen wirst. Ich habe gespielt... an diesen Automaten. Ich konnte nicht mehr aufhören. Es ist der völlige Wahnsinn... ich weiß... aber es ist nun mal so...«

Er redete weiter und wußte selbst nicht mehr, was er sagte. Es waren Entschuldigungen, Selbstanklagen, ein krampfhaftes Ringen um ihr Verständnis, und sie saß da in ihrer korrekten weißen Bluse, die Schultern steif aufgerichtet, und hielt krampfhaft die Serviette an ihre Brust gedrückt, als gäbe sie ihr Halt.

»Das hast du von deinem Vater«, sagte sie, als er endlich fertig war.

»Mehr fällt dir dazu nicht ein? Ich möchte nur einmal von dir hören, daß du mich verstehst. Nur das ist mir wichtig. Ich verspreche, ich werde nie mehr spielen. Ich...« Einen Moment lang schwieg er. Es hatte alles gar keinen Sinn. Sie verstand ihn nicht. Sie hatte ihn nie verstanden.

Denn hätte sie ihn verstanden, hätte er längst mit ihr darüber reden können. Dann sprach er doch weiter. »Versteh mich doch. Gerade du müßtest mich doch verstehen.«
»Was heißt das?«
Sebastian stand auf. »Ich kann dir zeigen, was das heißt.«
Er ging in ihr Schlafzimmer. Der Kleiderschrank war offen, und er zog die Wodkaflasche mit einem Griff unter den Kleidern hervor. Seine Mutter saß noch immer in der gleichen starren Haltung am Frühstückstisch.
»Was soll das?« sagte sie, als er mit der Flasche kam. Sie war noch halbvoll. Sebastian entkorkte sie mit den Zähnen. Langsam goß er das Glas seiner Mutter bis obenhin voll.
»Das heißt es. Das ist deine Wahrheit. Glaubst, daß irgend etwas daran besser ist? Trink, los trink!«
Angeekelt starrte sie in das Glas und dann auf ihn.
»Du siehst, ich verstehe dich. Komm, du darfst trinken. Niemand verbietet es dir. Oder schmeckt es morgens noch nicht? Was findest du besser, wenn jemand sich mit der Flasche ruiniert oder wenn er es mit Automaten tut?«
»Wie redest du eigentlich mit mir?«
»Wie man mit jemandem redet, der jeden Abend an mir herumschnüffelt. Ob ich auch ja nicht aus der nächsten Kneipe komme. Wenn ich daran

denke, wie viele Abende davon du hier gesessen hast und...«
»Bitte, sprich nicht weiter!«
»Und dich vollgekübelt hast.«
Sie nahm die Serviette und hielt sie vor ihren zitternden Mund. Einen Augenblick sah es aus, als würden sich ihre Lippen vor Entsetzen verknoten. Er ahnte, daß er zu weit gegangen war. Aber in all den Tagen hatte sich etwas in ihm angestaut, das jetzt explosionsartig hervorbrach.
»Nimm das zurück!«
»Was sollte ich zurücknehmen?« sagte er herausfordernd.
»Du bist zu weit gegangen, Sebastian. Du bist einen Schritt zu weit gegangen. Auch das hast du von deinem Vater...«
Sie wollte vom Tisch aufstehen. Dabei streifte sie mit der Serviette das Glas. Es kippte um und rollte langsam über die Tischplatte. Mit einer gewissen Genugtuung verfolgte Sebastian, wie es runterfiel und am Boden zerbrach.
»Mach dir keine Sorgen, Mama. Du hast ja genug davon«, sagte er.
»Verschwinde! Bitte verschwinde! Ich will dich nie wiedersehen...«
Sie stürzte nach draußen.

In sein Zimmer zurückgekehrt, empfand er keine Spur von Reue. Trotzdem versuchte er, sich von dem Gedanken an sie abzulenken.

Er hatte ein paar Videospiele. Eins hieß »New Jersey«. Man konnte auf Pferderennen wetten, mit sprechenden Maschinen Poker spielen oder das große Geld am Roulettetisch machen.
Schon beim ersten Spiel war er völlig abwesend. Die Anziehung, die es auf ihn ausübte, die Spannung, die er noch vor Wochen dabei empfunden hatte, waren gleich Null. Ihm fehlte die Stimmung, das Drumherum der Spielhallen, das Bier, die Zigarette, die wahren Maschinen, die allein für ihn das Leben verkörperten. Das hier war Spielzeug. Ihm fehlte der Kick.
Er war noch keine drei Stunden zu Hause, und schon steigerte sich die Unruhe in ihm ins Unerträgliche. Instinktiv hatte er schon die ganze Zeit über zur Uhr gesehen und auf die Geräusche seiner Mutter gehorcht. Sie war einmal kurz runtergegangen, um die Post aus dem Briefkasten zu holen. Jetzt hörte er sie in der Küche klappern.
Er brauchte ihr nichts mehr zu erklären. Sie wußte jetzt, wohin er ging. Hatte sie nicht das gleiche jahrelang mit seinem Vater erlebt? Doch nicht die Vergangenheit und auch nicht die Zukunft waren wichtig. Jetzt, dieser Tag, das nächste Spiel waren entscheidend.
Das Zimmer war stickig und eng. Er hatte Kopfschmerzen und bekam schwer Luft. Er ging in die Küche, um sich ein Aspirin zu holen, und sofort stand sie hinter ihm.
»Was machst du da?«

»Ich gehe ein bißchen auf die Straße...«
»Du wirst nicht weggehen«, sagte sie. »Diesmal nicht.«
Nur einen Augenblick lang dachte er, sie habe einen Scherz gemacht. Dann begriff er, daß es ihr ernst war. Sie hatte die Haustür abgeschlossen. Der Schlüssel war nicht da. Das war ihre Art von Therapie.
Ohne ein Wort ging er durch die Wohnung und suchte. Zuerst durchwühlte er ihre Tasche. Dann ihren Kleiderschrank, ihre verschiedenen Schmuckkästen, ihre Beautybox. Nichts. Wütend riß er die Schubladen des Sekretärs heraus und warf sie auf die Erde.
»Ich will den Schlüssel!«
Sie blickte aus dem Fenster auf die Fassaden der Häuser gegenüber.
»Gib mir den Schlüssel!«
Sie drehte sich um und ging an ihm vorbei. Kurz darauf hörte er, wie sie sich im Schlafzimmer einschloß. Es war kein Spiel mehr. Es war Kampf, und die Wohnung war sein Gefängnis. Er fühlte eine panische Angst. Er mußte raus. Er wollte weg von hier. Sofort wollte er raus. Dann wußte er selbst nicht mehr genau, was er tat. Gegenstände flogen umher. Erst im Wohnzimmer. Dann in der Küche. Er riß die Spülmaschine auf und zerschmetterte Teile des Geschirrs. Später hämmerte er wie ein Wahnsinniger an ihre Tür.

Sie schrie: »Bring mich um, bring mich nur um!«
Er schlug noch heftiger gegen die Tür. Dann war es mit einemmal totenstill.
»Mama, laß mich rein!«
Sie reagierte nicht. Sie gab keinen Laut von sich. Erst, als er versuchte die Tür aufzubrechen, hörte er, wie sie leise telefonierte. Dieser atemlose Singsang ihrer Stimme war unverkennbar. Wahrscheinlich rief sie die Polizei an. Sie würden hierherkommen und ihn holen. Vor Angst lief er ins Wohnzimmer und riß das Telefonkabel heraus. Dann hämmerte er wieder an ihre Tür, bis seine Finger wund waren und ihm fast die Sinne schwanden.
»Gib mir den Schlüssel. Mama, gib mir den Schlüssel!«
Irgendwann klingelte es an der Haustür, seine Mutter kam mit rotgeheulten Augen aus dem Schlafzimmer gestürzt. Ein Mann trat in die Wohnung und redete auf ihn ein. Aber Sebastian verstand nicht, was er wollte. Er wehrte sich. Er schlug blindlings um sich. Dann packten ihn der Mann und seine Mutter, und er konnte sich an nichts mehr erinnern. Wenn er später versuchte, diese Momente wieder in sein Gedächtnis zurückzurufen, erschien ihm immer nur seine Mutter mit ihrem verzweifelt flehenden Blick und den rotgeheulten Augen. Dann war es dunkel geworden.

Als er aufwachte war es ein anderer Tag. Die Sonne schien. Er glaubte, an einem Strand zu liegen. Aber es war ein ganz normales Bett in einem schmucklosen Zimmer. Er versuchte sein Denken darauf zu konzentrieren, was geschehen war, aber es gelang ihm nicht. Er schlief unter einem schweren Betäubungsmittel wieder ein und wachte viel später wieder auf. Er hatte überhaupt kein Zeitgefühl mehr, dämmerte nur so dahin. Einmal versuchte er sich selber zu sehen. Aber er war gar nicht da. Er rief ein paarmal. Niemand gab ihm Antwort. Stunden später kam jemand, stand vor ihm und sagte etwas. Es war eine angenehme Stimme, und diesmal verstand er die Worte.

14

»Du hast sehr lange geschlafen. Ich heiße Hans. Ich bin dein Freund.«
Sebastian sah schräg nach oben, und der Mann bekam langsam Konturen, die sich von der hellen Wand abhoben. Er war sehr blaß und hatte einen Bart aus dunklem Haarflaum. Er hielt ihm schon eine ganze Weile die Hand hin. Sebastian wollte sich aufrichten, aber sein linker Arm fühlte sich schwer und fremd an. Er hatte darauf gelegen, und das Blut mußte erst wieder zurückkehren.
»Bleib ruhig liegen«, sagte der Mann. »Weißt du, wo du bist?«
»Nein.«
»Das ist ein Zentrum für Jugendliche. Hier sind Menschen, die Hilfe brauchen, die sich alle verstehen, weil ihre Probleme sehr ähnlich sind. In gewisser Weise sind wir hier alle verwandt. Du kannst tun, was du möchtest. Keiner schreibt dir etwas vor.«
»Was hab' ich getan?« hörte er seine Stimme.
»Nichts, dessen du dich schämen müßtest«, sagte der Mann.
»Und meine Mutter?«
»Es geht ihr gut. Du kannst später mit ihr telefo-

nieren. Wir haben heute nachmittag ein Treffen unten im Park. Wenn du dich danach fühlst, komm runter. Da sind viele, die dich verstehen werden.«

Sebastian antwortete nicht. Er kam erst langsam zu sich, und das alles hier war ihm noch sehr fremd. Er wollte sich gerade wieder im Bett herumdrehen, als der Mann sagte: »Und noch etwas, was ich dir sagen muß. Wir haben hier keine Automaten. Du wirst nicht um Geld spielen können. Wenn du dich beschäftigen willst, wir haben genug zu tun. Ich hoffe, du wirst nie wieder spielen...«

Als der Mann draußen war, stand Sebastian auf und untersuchte das Zimmer. Es war schmucklos und sehr sauber. Im Nebenraum war ein Bad. Er stand lange unter der heißen Dusche. Sein Arm kribbelte, und das Gefühl kehrte erst langsam richtig zurück. Alles an ihm erwachte. Es war ein bißchen wie eine Wiedergeburt.

Er ging nach unten.

Der Park war lichtdurchflutet, und er mußte sich erst an die Helligkeit gewöhnen. Er sah einige Leute in Gruppen sitzen und miteinander reden.

Der Mann mit dem Bart kam auf ihn zu. »Hallo Sebastian! Wie schön, daß du da bist...« Er war sehr höflich, beinah übertrieben höflich und stellte ihn den anderen vor.

Dann nahm Sebastian einen Stuhl und setzte sich an den Rand der Runde. Erst verstand er gar

nichts, aber langsam merkte er, daß jeder über sich sprach. Einfach so, ganz spontan. Niemand lenkte die Gespräche. Alle redeten offen über Dinge aus ihrem Leben, über ihre Probleme mit den Eltern, über ihre Ängste und über ihre Sucht. Über das, was geschähe, wenn sie wieder damit alleine gelassen würden. Es ging um Alkohol, Drogen, aber auch um sein Problem. Immer wieder tauchte das Wort »Schuld« auf.
Hans hörte nur zu. Er versuchte nicht einmal, in die Gespräche einzugreifen. Etwas an der Art, wie jeder von sich erzählte, gefiel Sebastian, und nach einer Stunde wußte er über manche von ihnen mehr, als er jemals über irgendeinen anderen Menschen erfahren hatte.
Am Abend lag er lange wach und dachte über alles noch einmal nach. Etwas hatte der Tag gebracht. Er hatte zum erstenmal begriffen, daß er mit seinem Problem nicht allein war. Es gab Hunderte, vielleicht Tausende, die in gleicher Weise alle Höhen und Tiefen einer Sucht mitgemacht hatten. Und er hatte begriffen, daß er krank war. Er war genauso gefährdet, wie alle, die von Alkohol oder Drogen zerstört wurden. Mit einem Unterschied. Er lief bei völlig klarem Verstand in sein Verderben.
Und noch eins hatte er gelernt.
Niemand konnte ihm helfen. Nur er selber.

Am nächsten Morgen kam Hans und schlug ihm vor, sich zur Gartenarbeit einteilen zu lassen. Vielleicht hatte er schon gewußt, daß dieser Tag der schlimmste von allen werden würde.
Schon am Vormittag überkam Sebastian die Unruhe wieder. Sie waren gerade dabei, Hecken zu schneiden, und seine Hände zitterten so, daß er nicht in der Lage war, weiterzumachen. Er wollte es sich nicht anmerken lassen. Aber der Junge neben ihm hatte es längst gesehen.
»Mach einen Moment Pause!« sagte er, und Sebastian erkannte in ihm einen von denen wieder, die gestern geredet hatten. Er war auf Heroin. Er war schon ein paarmal hier gewesen, aber immer wieder rückfällig geworden.
»Kann man hier irgendwas kaufen?« fragte Sebastian ihn.
»Drüben an der Straße ist ein Kiosk.«
Niemand hielt ihn auf, als er das Grundstück verließ. Es war eine lange, gerade Ausfallstraße mit Kastanien, die gerade blühten. Natürlich kam ihm sofort die Idee, einfach abzuhauen. Sogar zu Fuß konnte er in einer Stunde in der Stadt sein.
Jetzt sah er den Kiosk. Ein etwas magersüchtiges Mädchen stand da und rauchte eine Zigarette.
»Überlegst du abzuhauen?« sagte sie, als er noch unentschlossen herumstand. »Sie lassen dich gehen, wohin du willst. Aber dann bist du wieder in der alten Mühle.«
Er sah sie an. Sie hatte strähniges Haar. Aber

wenn man ihr Gesicht näher betrachtete, war sie nicht häßlich.
»Warum bist du hier?« fragte er.
Sie lachte, und dabei sah sie richtig niedlich aus. Sie war höchstens achtzehn.
»Weil ich gern ein Bier trinken würde. Oder zwei. Oder einen Kasten. Kennst du das?«
»Schon. Aber ich hab' damit keine Probleme. Ist das jetzt gemein, wenn ich eins trinke?«
»Nein. Übrigens heiße ich Gaby.« Sie gab ihm die Hand. »Willst du eine Zigarette?«
»Danke nein. Ich bin Sebastian.«
»Und wo ist dein Problem?«
»Automaten.«
»Komisch, die hab' ich nie gemocht«, sagte sie. Und dann erzählte sie plötzlich alles von sich. Ihr Vater saß wegen eines Einbruchs im Gefängnis, ihre Mutter trank, und ihr älterer Bruder dealte mit Drogen. Sie war nach einem Kampftrinken mit Kreislaufkollaps in eine Klinik eingeliefert worden.
Jetzt stand sie am Kiosk, trank eine Cola und sah genauso sehnsüchtig in die Ferne wie Sebastian.
Sebastian hatte sich ein Bier bestellen wollen, aber jetzt, da er sah, wie sie ihn mit ihren dunklen, etwas leeren Augen angierte, hatte er keinen Mut mehr.
»Bestell dir ruhig ein Bier. Es macht mir nichts aus«, sagte sie, und Sebastian wunderte sich, wie sie seine geheimsten Gedanken erriet.

»Wie lange trinkst du schon Cola?«
»Einundvierzig Tage...«
»Und du hast nie das Gefühl, daß du durchdrehst, wenn du trocken bist?«
»Im Gegenteil. Ich sehe bei anderen gerne zu«, sagte sie, und Sebastian bestellte sich eine Dose, riß die Lasche auf und trank sie. Sofort wurde er ruhiger und sein Körper entspannte sich.
»Ich weiß gar nicht mehr richtig, wie das schmeckt«, sagte sie. »Hast du nie Probleme mit Alkohol?«
»Nur am nächsten Morgen«, sagte er.
Einen Augenblick sahen sie sich an und fingen gleichzeitig an zu lachen. Dann sagte sie: »Du bist nett. Wenn du Lust hast, komm doch heute abend mal vorbei. Oben unterm Dach. Ich kann Besuch haben, soviel ich will. Nur Alkohol gibt es keinen.«
Später gingen sie zusammen zurück. Am Nachmittag war Meditation. Danach rief Sebastian seine Mutter an. Ihre Stimme klang sehr klar. Sie fragte, wie es ihm gefalle, so als wäre er in einem Hotel, und er faselte etwas von Gesprächstherapie und lauter Drogies. Sicher konnte sie sich darunter nichts vorstellen. Dann sagte sie, daß sie heute abend eine Verabredung mit jemandem zu einem Konzert habe.
Es war das erstemal, seit er denken konnte daß sie außer Haus ging, und er wagte nicht zu fragen, ob es ein Mann war oder eine Kollegin. Er war

froh, daß sie überhaupt etwas vorhatte. Als er aufgelegt hatte, begriff er, was Hans ihm neulich gesagt hatte. Daß er jahrelang treu und brav für seine Mutter den Ersatzpartner gespielt hatte. Das war so weit gegangen, daß sie ihm die Eigenschaften seines Vaters eingeredet hatte.

Am Abend kam Hans und fragte ihn, ob er glaube, die Zeit hier durchzuhalten. Sebastian sagte, daß er seit Wochen zum erstenmal ganz entspannt sei, und Hans erzählte ihm aus seinem Leben. Er war ganz unten gewesen oder ganz oben, wie man es nahm. Er war in einem Heim auf Entzug gewesen, hatte sich heimlich Alkohol beschafft und war betrunken auf die Glaskuppel des Gebäudes gestiegen, abgerutscht und sechs Meter tief gefallen. Zwei Tage hatte er zwischen Leben und Tod geschwebt. Dann hatten sie ihn zurückgeholt.

Das war vier Jahre her. Seit zwei Jahren leitete er dieses Zentrum hier und hatte nie wieder ein Glas angerührt.

Angst davor hatte er allerdings immer noch.

Hinterher ging Sebastian zu Gaby. Sie hatte ihre Haare gewaschen und ein sehr altmodisches Kleid angezogen. Sie erzählte ihm von ihren Männern und daß keiner sie jemals befriedigt habe. Es war sehr offen, wie sie sprach. Er mußte dauernd an Saskia denken und hatte plötzlich eine unheimliche Sehnsucht nach ihr.

Gaby hätte es sicher gern gesehen, wenn er länger

geblieben wäre. Aber er verabschiedete sich sehr früh, weil er das Gefühl hatte, sie erwarte mehr von ihm, als er zu geben bereit war.
In den folgenden Tagen ging er ihr aus dem Weg.

15

Plötzlich waren die sechs Wochen vorbei, und Sebastian wußte nicht, wo sie geblieben waren. Er hatte viel mit Hans über seine Vergangenheit und seine Eltern gesprochen. Dabei hatte ihn immer wieder verwundert, wieviel ein »Seelsorger«, wie er sich nannte, von den Beziehungen der Menschen untereinander verstand. Er hatte ihm vieles erklärt, worauf Sebastian von alleine nicht gekommen wäre.
Vor allem das Wechselspiel zwischen ihm und seine Mutter. Es war ganz natürlich, daß es Spannungen zwischen ihnen gab. Als die wichtigste Frau in seinem Leben hatte er sie nicht nur geliebt, sondern auch gehaßt und sie für seine Abhängigkeit von ihr verachtet. Niemand trug die Schuld daran. Es war einfach so. Wichtig für ihn war, sich in Zukunft von seiner Mutter, ohne sie vor den Kopf zu stoßen, langsam abzusetzen.
Das alles war im späten Frühjahr gewesen. Die Blumenrabatten, die Sebastian mit den anderen angelegt hatte, standen in voller Blüte. Im Radio hatten sie angekündigt, es würde ein Jahrhundertsommer werden. Er hatte sich von allen verabschiedet, sein bißchen Gepäck zusammengepackt, und als er auf der Straße stand, war es, als

wäre er auf einem fremden Planeten gewesen und kehrte zur Erde und ihren Normalbürgern zurück.

Er wußte, daß es schwer würde, sich wieder zurechtzufinden. Hier hatten alle sein Problem verstanden. Die Welt dort draußen hatte ganz andere Sorgen. Auf der gegenüberliegenden Straßenseite hupte ein Auto, und langsam wie auf Schienen kam es herangeglitten. Es war Saskia.

Sie machte die Tür auf und sagte, so als lägen nicht Ewigkeiten zwischen ihnen: »Steigst du ein?«

Irgendwie war die Art typisch für sie.

»Woher weißt du überhaupt, daß ich heute rauskomme?«

»Willst du oder willst du nicht?« sagte sie, und er ließ sich in den Sitz gleiten. Sie hatte eine Kassette der Dire Straits eingeschoben und bewegte den Kopf leicht zur Musik. Ihre Frisur war neu. Sie sah damit viel erwachsener aus. Der Wagen war auch neu. Er roch noch nach Leder, und er wagte kaum, sich zu bewegen.

»Wann hast du den Führerschein gemacht?«

»Vor zwei Tagen. Mein Vater hat mir die Kiste geschenkt. Morgen fangen die Ferien an. Ich will mit Thomas in die Provence.«

»Mit Thomas? Seid ihr richtig zusammen?«

Was heißt richtig? Meinst du, ich warte eine Ewigkeit auf dich? Du hast alles zwischen uns kaputtgemacht.«

Er nickte.
Sie hatte noch kein einziges Mal gefragt, wie es gewesen war, wie er sich fühlte oder ob er sich in jemand anderen verliebt hatte. Sie fuhr mit ihm in die Stadt, und sie gingen zusammen durch die Läden. In einer Boutique bekam er plötzlich einen eisigen Schreck. Eine Verkäuferin sah ihn an und mußte ihn wiedererkannt haben. Er hatte hier mal eine Lederjacke gestohlen. Während Saskia noch etwas anprobierte, verdrückte er sich nach draußen auf die Straße.
Genau gegenüber war ein Spielsalon. Man hörte die Geräusche der Automaten bis hier. Oder war es nur Einbildung? Er wußte von jeder Melodie, ob sie Glück oder Untergang verhieß. Plötzlich spürte er wieder das vertraute Prickeln im ganzen Körper, diese undefinierbare Unruhe in den Gliedern.
Er betete zum Himmel, Saskia möge kommen. Dann stand sie endlich neben ihm.
»Willst du da rüber?« sagte sie.
Er zögerte den Bruchteil einer Sekunde. Dann sagte er: »Nur mit dir.«
Sie nahm ihn an der Hand, als sie langsam durch den Salon gingen. Die Männer, die an den Maschinen spielten, sahen fast gelangweilt aus. Aber Sebastian wußte es besser. Er hätte jedem einzelnen sagen können, was in ihm vorging. Er mußte wieder an die Bemerkung seines Vaters denken: »Wenn ich jemals einen Menschen gehabt hätte,

der mich wirklich gemocht hätte, wäre ich vielleicht nicht zum Spieler geworden.«
Jetzt war Saskia bei ihm. Aber was war morgen?
Bei jedem Schritt faßte sie ihn jetzt fester. Bis es weh tat, und er wußte, daß sie ihn testen wollte.
»War es schlimm?« fragte sie, als sie endlich wieder auf der Straße standen und er aufatmete.
»So nicht«, antwortete er. »Aber irgendwann bin ich wieder allein. Und dann weiß ich nicht, was passiert. Warum mußt du mit diesem Thomas fahren? Mit tut jetzt schon alles weh, wenn ich nur daran denke, daß du mit ihm zusammen bist. Schlaft ihr zusammen?«
»Muß ich das sagen?«
»Nein.«
Sie schmiegte sich in seinen Arm, und für ein paar Minuten war alles so wie früher. Zum Abschied küßten sie sich.
»Sehe ich dich noch mal?« fragte er.
»Besser nicht.«
»Dann alles Gute! Bis irgendwann...«

An einem Samstag morgen wollte Saskia nach Frankreich fahren. Er war das ganze Wochenende mit seiner Mutter allein. Sie hatte eigentlich zu ihrer Schwester nach Erfurt fahren wollen. Aber dann blieb sie. Seinetwegen. Sicher hatte sie Angst, daß er ohne sie rückfällig würde.
»Willst du nicht wieder in die Schule gehen und

wenigstens einen Abschluß machen?« kam beim Abendessen die unvermeidliche Frage.
»Ich will das Wort Schule nicht mehr hören«, sagte er.
Am Abend ging er in die »Turbine« und traf Markus. Jetzt im Sommer waren die ganzen Ossis da, und er arbeitete härter denn je. Er vermittelte Sebastian einen Job an der Theke, und als sie morgens um drei beim Aufräumen noch einen Amaretto tranken, sagte er: »Wir spielen Dienstag gegen die Holzhacker vom Thomas Mann Gymnasium. Scharneck braucht dich in der Mannschaft.«
»Und wenn die anderen rauskriegen, daß ich gar nicht mehr dazugehöre?«
»Jetzt will ich dir mal was sagen.« Markus hatte sich vor ihm aufgebaut. »Du bist einmal ausgeflippt. Das kann jedem von uns passieren. Kein Mensch außer diesem beschissenen Björn hat gewagt, auch nur ein Wort darüber zu verlieren. Also, was willst du? Wieder einer von uns sein oder nicht?«
Sebastian sah ihn an. Er brauchte eigentlich gar nicht zu überlegen.
»Meine alte Position als Mittelstürmer?«
»Deine alte Position als Mittelstürmer. Und wehe, wenn du aus meinen traumhaften Flanken nichts machst.«

Sebastian war aufgeregt. Er hatte eine Ewigkeit nicht mehr trainiert, und sicher erwarteten alle Wunderdinge von ihm. Seine Hände flatterten, als er sich die Stollenschuhe anzog.
Als hätte Scharneck seine Gedanken erraten, schlug er ihm auf die Schulter und sagte: »Du schießt zwei Tore. Das weiß ich.«
»Und wenn nicht?« sagte Sebastian.
»Dann ist es auch O. k. Mach dir keine Sorgen. Du bist besser als alle.«
Dann liefen sie auf den Platz. Es war ein komisches Gefühl, wieder dabei zu sein. Ein bißchen so, als hätte ihn seine Mutter in zu große Sachen gesteckt. Sicher wußten alle, was mit ihm losgewesen war und beobachteten ihn deshalb besonders genau. Er wagte keinen Blick ins Publikum und war froh, als angepfiffen wurde.
Das Spiel lief gut. Sie kombinierten so sicher, daß es kaum einen einzigen Fehlpaß gab. Der Ball lief von der Verteidigung zum Mittelfeld, wie an einer unsichtbaren Schnur gezogen. Sebastian hatte das noch nicht erlebt. Aber manchmal gab es einfach so Tage, wo es lief.
Und dann bekam er den Ball an der Mittellinie. Es war, als hätten die vergangenen Wochen neue Kräfte in ihm freigesetzt. Er ließ zwei von der Gegenmannschaft wie Statisten stehen und spurtete los. An so einem Tag hätte er mit dem Ball bis ans Ende der Welt laufen können, ohne daß ihn irgend jemand aufgehalten hätte. Auch als er

allein vor dem gegnerischen Torhüter stand, war er sich seiner Sache ganz sicher.
Er brauchte den Ball nur anzuheben. Der Typ warf sich ihm entgegen. Tor.
Die Fans kreischten und brüllten und johlten. Auch als er fünf Minuten später mit dem Libero der Gegner zusammenprallte und trotzdem noch das zweite Tor schoß. Zu einem wilden Haufen verknäuelt, lagen sie am Boden, und als er aufstand und Markus sagte: »Menschenskind, Basti!«, da merkte er erst, daß auf seiner einen Gesichtshälfte Blut war.
Dann sah er Saskia, die über den Rasen rannte, um ihn mit einem blutstillenden Stift zu bearbeiten. Sie hatte ein neues Parfüm, und ihre Nähe war so umwerfend, daß er keinen Schmerz spürte, als sie ihm ein Pflaster auf die Stirn drückte.
»Warum bist du nicht nach Frankreich gefahren?« fragte er und war mit einemmal so verflucht glücklich, daß er hätte schreien können. Aber vermutlich hätte es niemand hier interessiert. Schließlich waren die Leute zum Fußball gekommen.
»Frag nicht so einen Blödsinn und spiel weiter. Du bist heute super«, sagte sie. Dabei verstand sie vermutlich gar nichts vom Fußball. Aber wer kannte sich mit Mädchen schon aus?

Wer selber oder als Angehöriger Hilfe benötigt, der findet bei diesen Adressen (Stand 1992) weitere Informationen und Unterstützung:

Deutschland
Anonyme Spieler
Interessengemeinschaft e. V.
Kontaktstelle Deutschland
Eilbeker Weg 20
2000 Hamburg 76
Telefonische Beratung:
Mo. bis Fr. 19.00 bis 20.00 Uhr
Tel.: (0 40) 2 09 90 09 und (0 40) 2 09 90 19
Deutsche Hauptstelle gegen die Suchtgefahren
Westring 2
4700 Hamm 1
Tel.: (0 23 81) 2 58 55 und (0 23 81) 2 52 69

Österreich
Verein Anonyme Spieler Wien
Siebenbrunnengasse 21
1050 Wien 5
Tel.: (02 22) 55 13 57

Schweiz
**Schweizerische Fachstelle
für Alkohol- und andere Probleme**
av. Ruchonnet 14
1001 Lausanne
Tel.: (0 21) 20 29 21